Die Deutsche Bibliothek-CIP-Einheitsaufnahme
Patrick K. Addai
Worte sind schön, aber Hühner legen Eier
Patrick K. Addai
Austria/Leonding: Adinkra, 2007
ISBN 978-3-9501083-7-8

Illustrationen & Grafik: Robert Hübner
Fotos: © Verlag Adinkra

Bitte fordern Sie unser
aktuelles Gesamtverzeichnis an:

Verlag Adinkra
Harterfeldstrasse 2A
A-4060 Leonding
Tel:0043/732673229
Fax: 0043/73267460623
E-Mail: verlag@adinkra.at
Website: www.adinkra.at

Patrick K. Addai

WORTE SIND SCHÖN, ABER HÜHNER LEGEN EIER

Sprichwörter, Geschichten und Mythen aus Ghana

mit Bildern von Robert Hübner

VERLAG
ADINKRA

für Mrs. Agnes Prah

Index

DER HAHN, DER AM MORGEN KRÄHT, GEHÖRT NUR **EINER FAMILIE**, DOCH **SEINE STIMME** IST DAS EIGENTUM DER GANZEN NACHBARSCHAFT.

Wie die Menschen die Sprichwörter bekamen

Was ich auch erzähle – ob es stimmt oder nicht, weiß nur der, der es mir erzählt hat. Die Sonne kann man nicht in die Hände nehmen, trotzdem kann man sie mitnehmen, wenn man will. Die Frage ist: Aber wie? Ganz einfach: Mit einem Sonnenschirm kann man sie behutsam überallhin mitnehmen.

Es wird erzählt, dass es am Anfang des menschlichen Sprachgebrauchs keine Sprichwörter gab. Der Himmelsgott allein hatte alle Sprichwörter bei sich. Dass die Menschen zu den Sprichwörtern kamen, haben wir der schlauen Spinne Kwaku Ananse zu verdanken.

Damals gab es alle Arten von Tieren – von Ameisen bis Elefanten, wilde und zahme, hässliche und schöne Tiere. Die Spinne Kwaku Ananse gehörte leider zu den kleinen und wenig angesehenen Tierarten.

Eines Tages überlegte die Spinne: „Ich möchte so berühmt werden wie die Löwen und die Elefanten! Ich habe das Recht, berühmt zu werden! Nicht nur die Kakerlaken und Läuse sollen wie Könige überallhin getragen werden. Ich werde den Himmelsgott fragen, was ich tun soll, damit er mir seine gesammelten Sprichwörter schenkt. Dann kann ich sie in meinen Spinnengeschichten verwenden. Wenn ich so weise und klug und schlau wie der Fuchs bin, werde ich so respektiert werden wie das Krokodil."

Am nächsten Morgen machte sich Kwaku Ananse auf den Weg zum Himmelsgott. Es dauerte sehr lange, bis er den Faden bis zum Himmelsgott gesponnen hatte. Gleich nach seiner Ankunft trug er ihm sein Anliegen vor: „Gib mir alle Sprichwörter, die du gesammelt hast! Du darfst sie nicht ewig für dich behalten. Ich kaufe sie dir ab."

Der Himmelsgott wunderte sich über Kwaku Ananses Wunsch: „Du kannst sie nicht kaufen. Der Preis dafür ist zu hoch. Außerdem bist du nicht würdig genug, die daran geknüpften Bedingungen zu erfüllen!" – „Darf ich dich unterbrechen? Du irrst dich! Ich schaue nur so aus. Ich kann nämlich sehr viel. Also, ich sage mit Bestimmtheit: ich will die Sprichwörter kaufen!", schloss Kwaku Ananse seine lange Rede ab. „Also gut, wenn du sie unbedingt kaufen willst, dann verlange ich von dir vier Dinge, die man nicht kaufen kann", gab der Himmelsgott nach. „Welche sind das? Ich bin ganz Ohr!", sagte Kwaku Ananse aufgeregt.

„Ich brauche vier Dinge: erstens eine Pythonschlange, die so lang ist wie die Wegstrecke von Ofoase nach Sesewa. Zweitens einen Hornissenschwarm, aber die ganze Kolonie! Wenn eine fehlt, hast du die Wette schon verloren. Drittens den schnellen Läufer: den mächtigen Leopard, aber lebendig mit allen Zähnen in der richtigen Position. Genau das will ich hier in meinem Paradies haben. Zu guter Letzt, aber nicht unbedingt am leichtesten, brauche ich Mmoatia, die Waldzwerge. Und die dürfen nicht größer als mein Zeigefinger sein. Wenn du alle diese unmöglichen Dinge bringst, dann habe ich meine eingesammelten Sprichwörter verspielt."

Kwaku Ananse war nicht aus der Ruhe zu bringen: „Das alles bekommst du von mir. Ich glaube an mich, und ich höre, wie sich meine Seele nach den Sprichwörtern sehnt und sich darauf freut. Darf ich mich zurückziehen? Sobald die Pythonschlange sich bei mir meldet, werde ich wieder zu dir spinnen." Mit diesen schönen Worten verabschiedete sich Kwaku Ananse beim Himmelsgott Otweediapong.

So schnell ihn seine acht Beine nach Hause bringen konnten, gab er Gas. Zu Hause angekommen, beriet sich Kwaku Ananse mit seiner lieben Frau Okonoyere Aso. „Was kann man unternehmen, um eine Pythonschlange zu fangen, die so lang ist wie die Wegstrecke zwischen Ofoase und Sesewa?", fragte er seine Frau und streichelte liebevoll ihre Ohren. „Weißt du, Okonoyere, hinter jedem starken Mann verbirgt sich eine noch stärkere Frau!", betonte die Spinne ihre Überzeugung von der Wichtigkeit der Frauen.

„Ah, Kwaku, lass mich ein bisschen nachdenken! Gerade bei den Ohren bin ich sehr empfindlich, wenn ich denke!" Okonoyere Aso umarmte ihren Mann ein paar Sekunden lang.
Dann riet die kluge Aso ihm: "Schneide den Zweig einer Palme ab. Hole außerdem die starken Fasern von Schlingpflanzen. Trag alles zum Fluss hinunter und fessle die Schlange!" – „Ich habe immer gewusst, dass meine Frau sehr klug ist, aber heute bin ich von dieser unschlagbaren Idee besonders angetan. Okonoyere Aso, nur die Nacht mit ihren vielen Geheimnissen weiß um meine Dankbarkeit. Jetzt mache ich mich auf den Weg, um die Pythonschlange zu fangen."

Kwaku Ananse befolgte den Rat seiner Frau ganz genau. Auf dem Weg zum Flussufer brummte er vor sich hin: „Die Pythonschlange ist länger als der Palmzweig. Sie ist nicht länger. Du irrst, sie ist länger. Ach, aber dort liegt sie ja!" Tatsächlich lag die Pythonschlange mit wunderschönen blauen Augen da, und die Zähne luden zum Fressen ein. Und sie war so lang wie der Weg von Linz nach Budapest. Als die Pythonschlange die Selbstgespräche von Kwaku Ananse gehört hatte, fragte sie voller Neugier: „Was ist mit dir los? Was redest du da?"

„Kwaku Ananse antwortete: „Ich habe mich gerade mit meiner Frau Aso unterhalten. Sie will wissen, dass dieser Palmzweig länger ist als du. Aber ich glaube ihr das nicht." Die Pythonschlange hob interessiert den Kopf: „Komm doch und miss selbst nach, mein Freund!"

Sofort ergriff Kwaku Ananse den Palmzweig und legte ihn auf den Schlangenleib. Dann sagte er zur Eva-Verführerin: „Streck dich, damit ich ganz genau messen kann." Als sich die Schlange streckte, nahm er geschwind eine dicke Faser und wand sie um ihren Leib. Nun war die Schlange vom Kopf bis zum Schwanz gefesselt. „So ein dummer Kerl! Ab heute wirst du beim Himmelsgott Otweediapong sein, und ich bekomme dafür seine eingesammelten Sprichwörter!", sagte Kwaku Ananse zu seiner Gefangenen. Und er brachte die Schlange dem Himmelsgott Otweediapong.

„Gut, sehr gut! Meine Hände haben die Pythonschlange berührt", bestätigte der Himmelsgott den Fang. Als Kwaku Ananse nach Hause kam, erzählte er alles seiner Frau, und es wurde bis zu den Himmelssternen gefeiert. Als Kwaku Ananse in der Nacht bei seiner Frau ruhte, fragte er Okonoyere Aso: „Wie komme ich nun zu den Hornissen?" – „Nimm eine Kalebassenflasche, fülle sie mit Wasser und geh damit los", riet ihm seine Frau.

Kwaku Ananse tat, wie ihm geheißen. Als er einen Hornissenschwarm entdeckte, der an einem Baum hing, bespritzte er ihn. Den Rest des Wassers goss er über sich selbst, schnitt ein Wegerichblatt ab und bedeckte damit seinen Kopf. Dann rief er zu den Hornissen hinauf: „Da es regnet, wäre es für euch wohl das Beste, in meine Kalebassenflasche zu fliegen, damit euch die Regentropfen nicht erschlagen. Ich selbst habe mir zum Schutz ein Wegerichblatt auf den Kopf gelegt."

Im Chor summten die Hornissen: „Wir danken dir, Mister Kwaku Ananse. Wir danken dir, unserem Beschützer, Professor Kwaku Ananse. Du bist so weise und klug wie ein Krug, der mit Wasser gefüllt ist." Alle flogen: „Shim! Shim! Shiiiiiiiiim!!!!!!" Und sie kamen alle in der Kalebassenflasche in Sicherheit, damit kein Tropfen Wasser auf ihre Köpfe falle. Als alle drinnen waren, sprach Kwaku Ananse leise in die Kalebassenflasche hinein: "Dummköpfe, jetzt habe ich euch! Nun kann ich euch für die Lebensweisheiten des Himmelsgottes eintauschen."

Und er brachte die Hornissen zu Otweediapong, dem Himmelsgott. Zum Beweis, dass Insekten drinnen waren, legte der Himmelsgott die Kalebasse an sein Ohr und lauschte stundenlang dem Summen. Dann sagte er: „Gut, meine Ohren haben es bestätigt. Jetzt bleiben noch der Leopard mit den scharfen Zähnen und die unsichtbaren Waldzwerge."

Als Kwaku Ananse ins Dorf kam, erzählte er seiner Frau, was er durch ihre Idee geschafft hatte. Es wurde wieder bis zur Dämmerung gefeiert. „Aso, meine liebe Frau Okonoyere, jetzt kommt der Leopard an die Reihe. Aber wie fange ich ihn bloß?“, fragte Kwaku Ananse ratlos seine Frau.

Wieder riet ihm Aso, seine weise Frau Okonoyere: „Geh und grab ein Loch.“ – „Ja, ich verstehe! Wieder eine super Idee, Okonoyere, du bist einfach einmalig!“ Kwaku Ananse war vom Vorschlag seiner Frau begeistert und machte sich sogleich auf die Suche nach den Spuren des mächtigen Leoparden. Als er welche gefunden hatte, schaufelte er eine sehr tiefe Grube und bedeckte sie mit Ästen des Palmbaumes. Zufrieden mit seiner Falle kroch er wieder ins Dorf zurück.

Am nächsten Morgen, als im Dämmerlicht die Dinge noch kaum zu erkennen waren, marschierte er zur Falle zurück. Da sah er den Leoparden, der im Loch frisch gefangen war. Kwaku Ananse sagte zu ihm: „Warum machst du so viel Dummheiten? Wie kommt es, dass du in einem Loch gefangen bist? Warst du vielleicht betrunken?“ Der Leopard schrie kleinlaut: „Bitte, hilf mir, ich war nicht betrunken, ich bin einfach ins Loch gefallen. Bitte, hilf mir doch.“ – „Ich werde dir gerne helfen, aber ich fürchte, dass du mich verspeisen wirst, nachdem ich dir geholfen habe.“ Der Leopard beeilte sich zu versichern: „Ich habe seit ein paar Tagen Zahnschmerzen, und ich esse nun nur mehr Pflanzen. Also, du brauchst überhaupt keine Angst zu haben.“ – „Gut, dann werde ich dir helfen!“

Nun schnitt Kwaku Ananse zwei starke Stöcke ab, legte sie gekreuzt auf die Grube und befahl dem Raubtier: „Gib die eine Pfote hierher und die andere dorthin.“ Der Leopard tat wie befohlen. Als er sich aber anschickte herauszuklettern, warf Kwaku Ananse sein Messer und traf den Kopf des Leoparden. Mit der Geschwindigkeit des Wüstenwindes landete der Leopard wieder in der Falle. Die Spinne nahm eine selbstgemachte Fadenleiter und stieg in die Grube hinab. Dort fesselte er den Marathonläufer, der fast bewusstlos war. Er schleppte ihn nach oben und sagte in frechem Ton: „Dummkopf, jetzt tausche ich dich für die Sprichwörter des Himmelsgottes ein.“

Es war sehr schön zu sehen, wie die Spinne den gefesselten Leoparden entlang der Spinnenfäden bis zum Himmelsgott zog. Otweediapong war sehr erstaunt, dass es Kwaku Ananse gelungen war, auch den Leoparden zu besiegen.

„Meine Hände haben ihn berührt. Und auch die scharfen Zähne sind alle da. Aber nun bleibt, was noch zu schaffen ist. Die Sprichwörter bleiben bei mir, bis du alles geschafft hast. Ein Sprichwort schieße ich vor: Man braucht eine Elefantengeduld, wenn man den Bauch einer Ameise öffnen will, um ihre Eingeweide zu studieren.“

„Sehr schön gesagt, Herr Himmelsgott, nun weißt du, warum ich unbedingt die Sprichwörter von dir haben will. Wenige Worte mit viel Weisheit, genau das will ich haben. Dann werde ich so berühmt wie die Katzen und Hunde und so schlau wie sonst keiner.“ Mit diesen Gedanken machte Kwaku Ananse sich auf den Weg nach Hause, um seine liebe Frau Aso über den neuen Erfolg zu informieren. Okonoyere war glücklich über den Erfolg ihres Mannes, und es wurde wieder gefeiert, bis alle ihre sechzehn Beine nicht mehr tanzen konnten.

Am Morgen fragte Kwaku Ananse Okonoyere: „Aso, du hast mir sehr viel geholfen, aber nun brauche ich zum letzten Mal deine Hilfe. Weißt du, wie man Waldzwerge fangen kann?“ – „Mach eine Puppe aus Holz und geh zum Odumbaum. Unter diesem Baum kannst du die Waldzwerge fangen“, riet ihm seine Frau. Wieder war Kwaku Ananse vom Vorschlag seiner Frau Aso hingerissen. Nach langen Überlegungen sagte die Spinne: „Ein Haus ohne Frau ist wie eine Wiese ohne Tau.“ Als Okonoyere das hörte, lächelte sie ein wenig und gab ihrem Mann einen Kuss auf die Stirn. Kwaku Ananse bedankte sich vielmals bei seiner Frau und verabschiedete sich mit einem kleinen Tänzchen.

Als er in den Urwald kam, schnitzte er eine Akuaba-Puppe aus Ebenholz und bestrich sie mit dem Saft des Gummibaumes, damit sie klebefähig würde. Die Hand der Puppe füllte er mit gestampften Kartoffeln. Auch in ein Messingnäpfchen schüttete er etwas vom Kartoffelbrei. Dann befestigte er am Kopf der Akuaba-Puppe einen Strick und stellte sie schließlich an den Fuß eines Odumbaumes. Dorthin kommen die Waldzwerge immer zum Spielen. Kwaku Ananse versteckte sich hinter einem dicken Baumstamm.

Nach einer kurzen Weile kamen Waldzwerge herbei. Es war nicht zu erkennen, ob es Männer oder Frauen waren. Der Kopf und die Füße schauten in entgegengesetzte Richtungen. Sie waren winzig klein wie Salamanderbabys, und der ganze Körper war behaart. Kwaku Ananse bewunderte minutenlang diese kleinen Menschenwesen.

Die Waldzwerge hatten den Duft des Essens gerochen, und einer von ihnen fragte die Akuaba-Puppe: „Dürfen wir etwas von diesem Kartoffelbrei essen?“ Kwaku Ananse zog am Strick, und die Puppe nickte. Der Waldzwerg wandte sich an seine Verwandten und sprach: „Wir dürfen diesen köstlichen Kartoffelbrei essen!“ Sie waren so hungrig, dass sie mit Händen und Füßen aßen. Alle stürzten sich auf das Essen, bis keiner sich mehr bewegen konnte. Nun waren alle an der Akuaba-Puppe festgeklebt.

Kwaku Ananse wartete nicht länger, er kam aus seinem Versteck hervor und fesselte die Waldzwerge noch härter an die Akuaba-Puppe. Er tanzte und tanzte und triumphierte, weil er nun wusste, er würde berühmt werden wie die Katzen und Hunde und weise und schlau wie sonst keiner. Er sagte zu den Waldzwergen: „Dumme Waldzwerge! Jetzt habe ich auch euch. Ich bringe euch zum Himmelsgott und bekomme dafür seine kostbaren eingesammelten Sprichwörter."

Kwaku Ananse trug die Waldzwerge auf seinen Spinnenfäden von der Erde bis zum Himmel. Glückselig machte sich die unschlagbare Spinne auf den Weg zu Otweediapong, dem Himmelsgott. Als er beim Palast des Himmelsgottes angelangt war, thronte Otweediapong auf einem riesigen Diamantenstuhl, und hinter dem Thron war ein vergoldeter Korb zu sehen.

Feierlich sprach Kwaku Ananse: „Herr Himmelsgott, Otweediapong Onyankopong, du bist der Einzige und der Letzte, der seinen kostbaren Sprichwörterschatz übergeben muss. Ich habe, wie du es als Preis für die Lebensweisheit verlangt hast, die Waldzwerge mitgebracht." Otweediapong war sehr beeindruckt vom Kampfgeist der Spinne und von ihrer Entschlossenheit, den Sprichwörterschatz zu bekommen. „Kwaku Ananse, lass die Waldzwerge frei und komm zu mir, bis ich deine Hände erreichen kann", verlangte der Himmelsgott.

Die Spinne entfesselte die Waldzwerge, und damit waren diese befreit. Kwaku Ananse kroch bis zum Diamantenstuhl. Und plötzlich war es dunkel wie in der Nacht. Die Himmelssterne leuchteten überall und gaben ein bisschen Licht. Dann kam eine ganz starke Stimme vom Thron des Himmelsgottes: „Kwaku Ananse, du schlaue Spinne, du hast die Wette gewonnen. Ich überreiche dir diesen vergoldeten Korb. Drinnen befinden sich alle Sprichwörter der Welt von Afrika bis zum Zenitland. Nimm sie und verteile sie in alle Sprachen, damit dein Name auf der ganzen Welt bekannt wird."

Kwaku Ananse nahm vorsichtig den vergoldeten Korb aus der Hand des Himmelsgottes, bedankte sich vielmals bei ihm und versprach, die Sprichwörter in den menschlichen Sprachen zu verteilen. Seitdem befinden sich Sprichwörter in allen Völkersprachen.

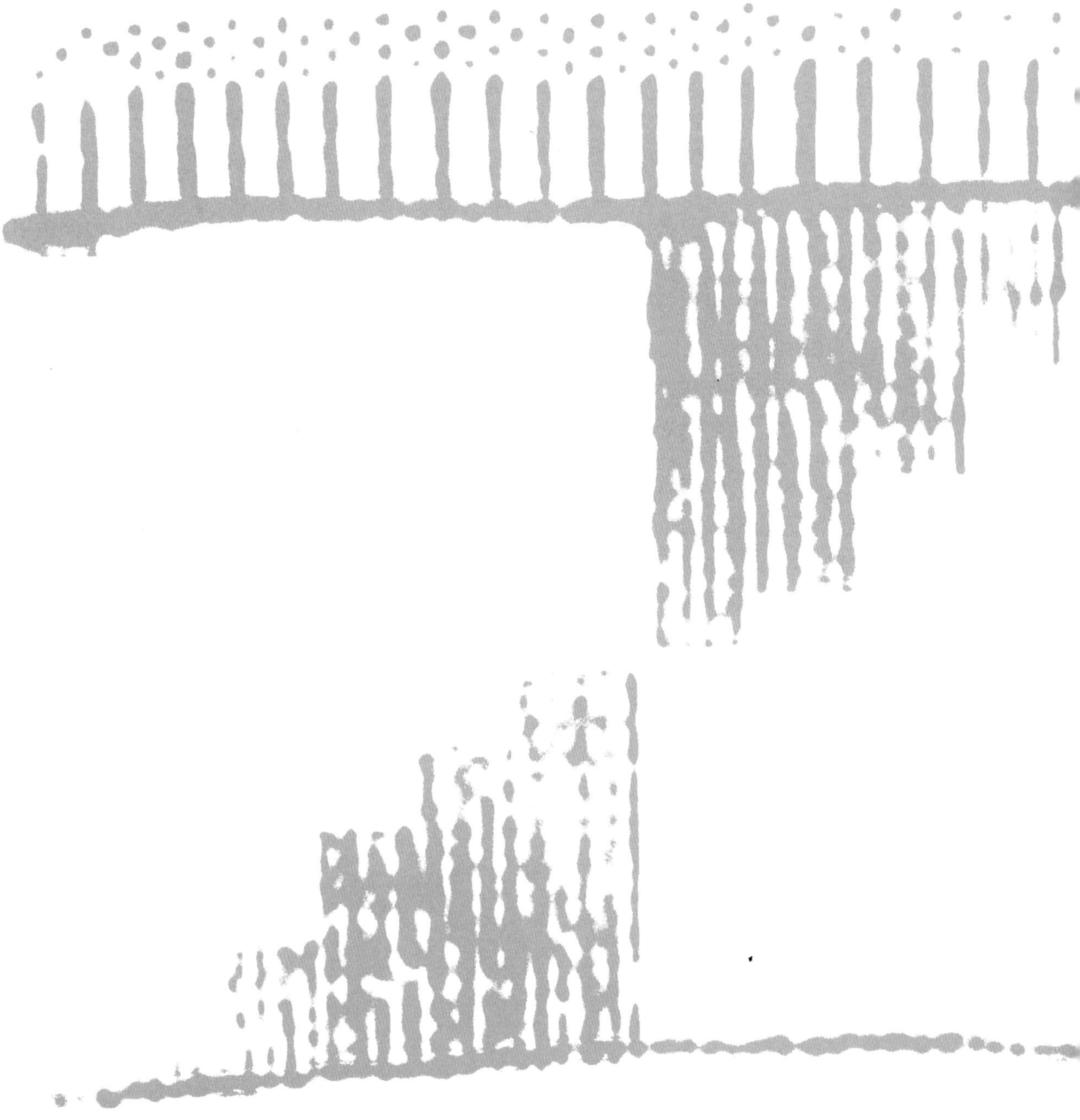

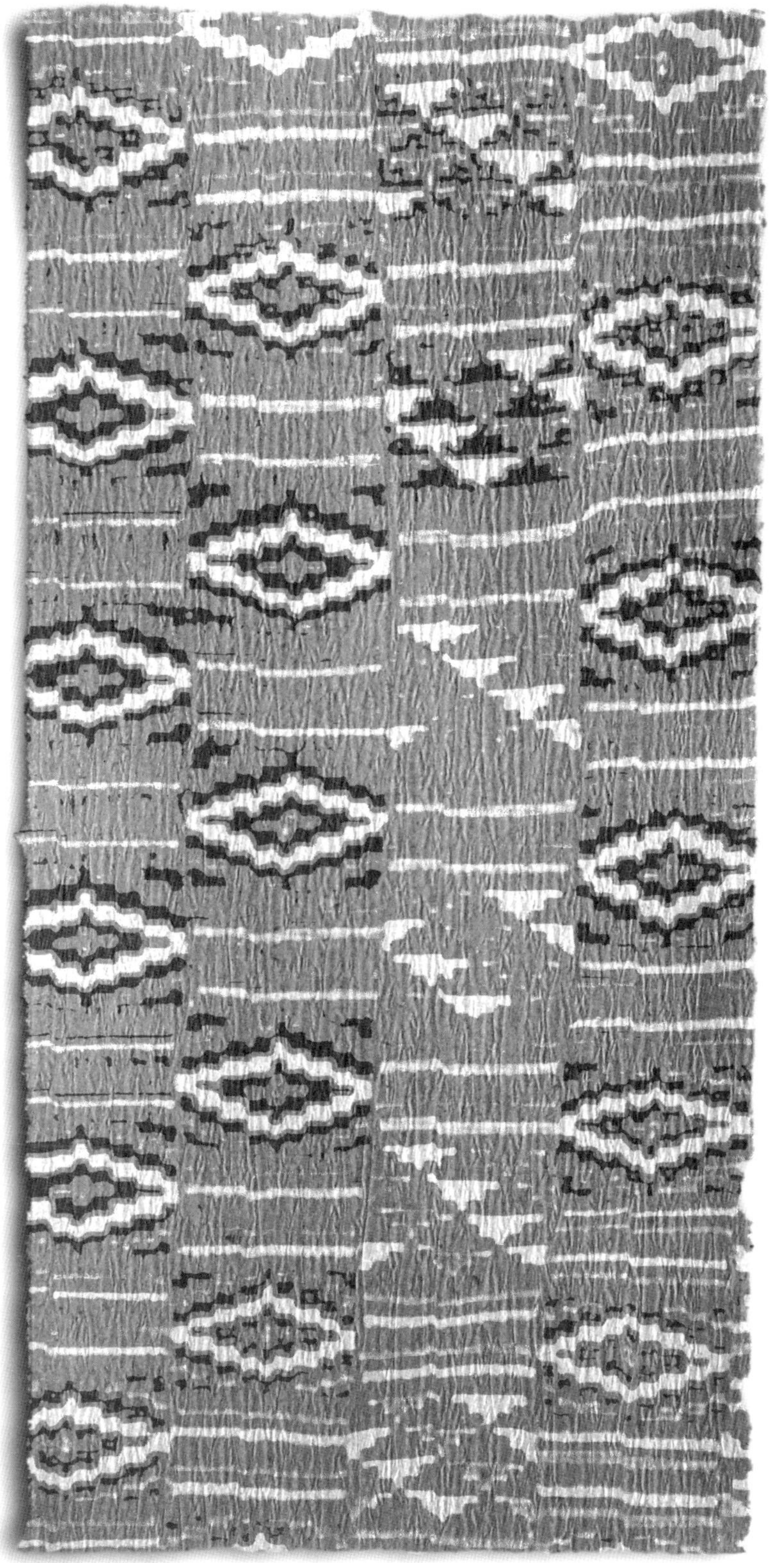

EINE FAMILIE IST WIE EIN URWALD. AUS GROSSER ENTFERNUNG BETRACHTET SCHAUEN ALLE BÄUME GLEICH AUS, ABER MITTENDRIN ERKENNT MAN, WIE UNTERSCHIEDLICH DIE EINZELNEN BÄUME SIND.

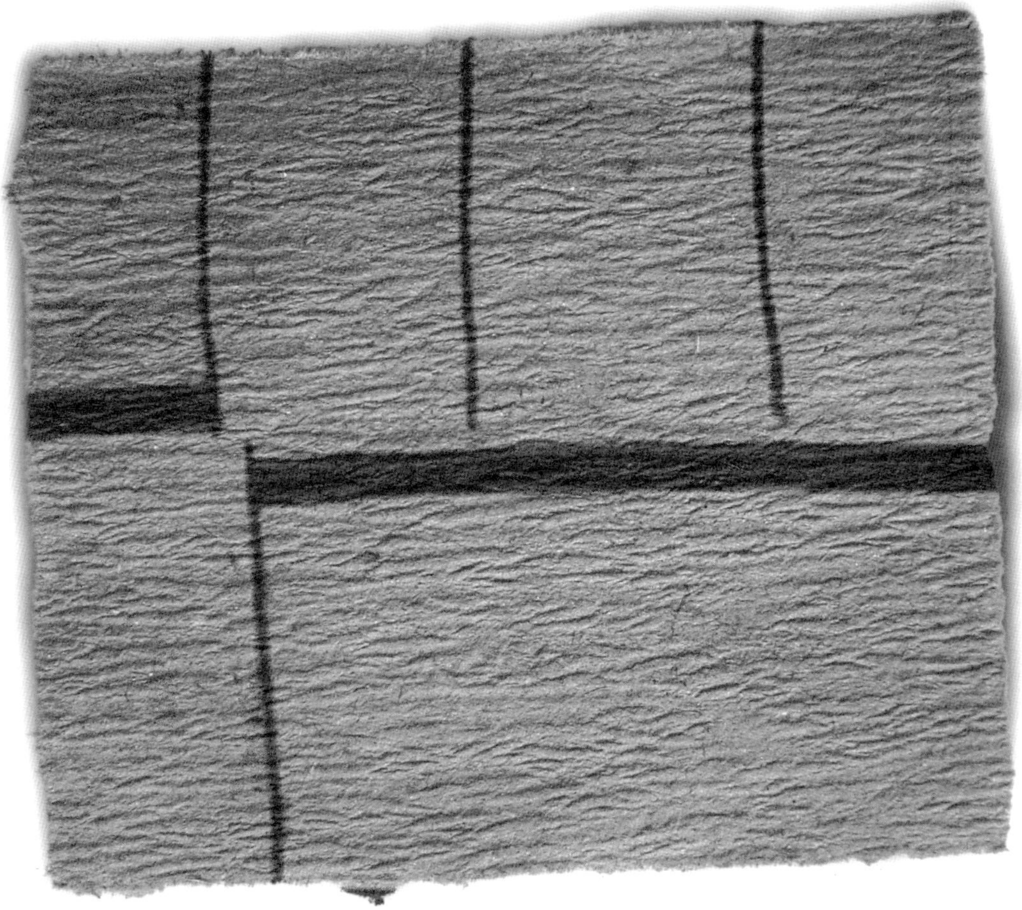

DER MANN IST **DAS HAUPT DER FAMILIE**, UND **DIE FRAU** IST DER HUT DARAUF.

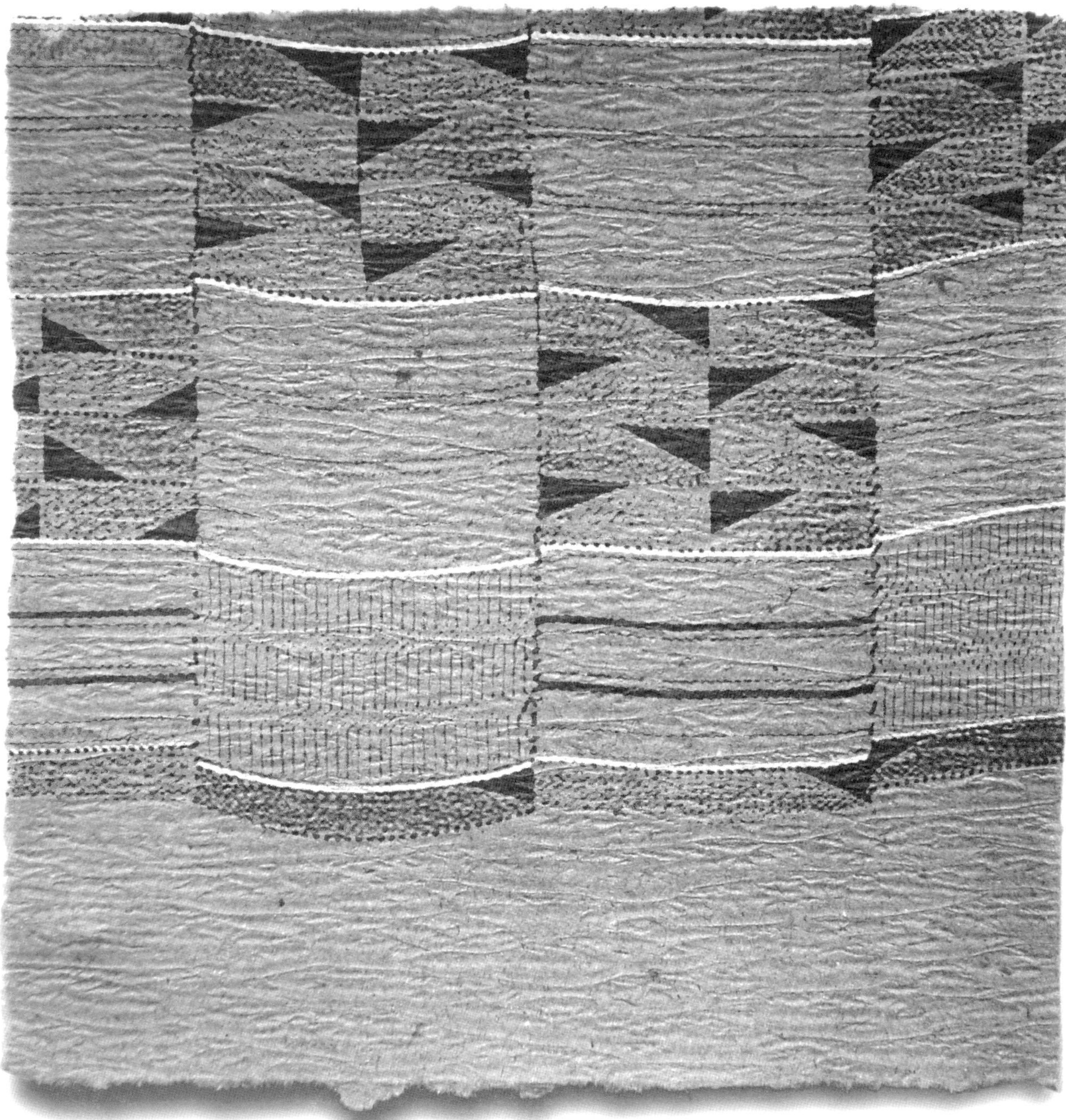

EIN HAUS **OHNE FRAU** IST
WIE EINE **WIESE OHNE TAU.**

EINE FRAU, DIE IHREN MANN LIEBT,
GLAUBT, ER HÄTTE EINE BLUME
FÜR SIE MITGEBRACHT,
AUCH WENN ER NUR EINEN
BUSCHSTOCK IN DER HAND HAT.

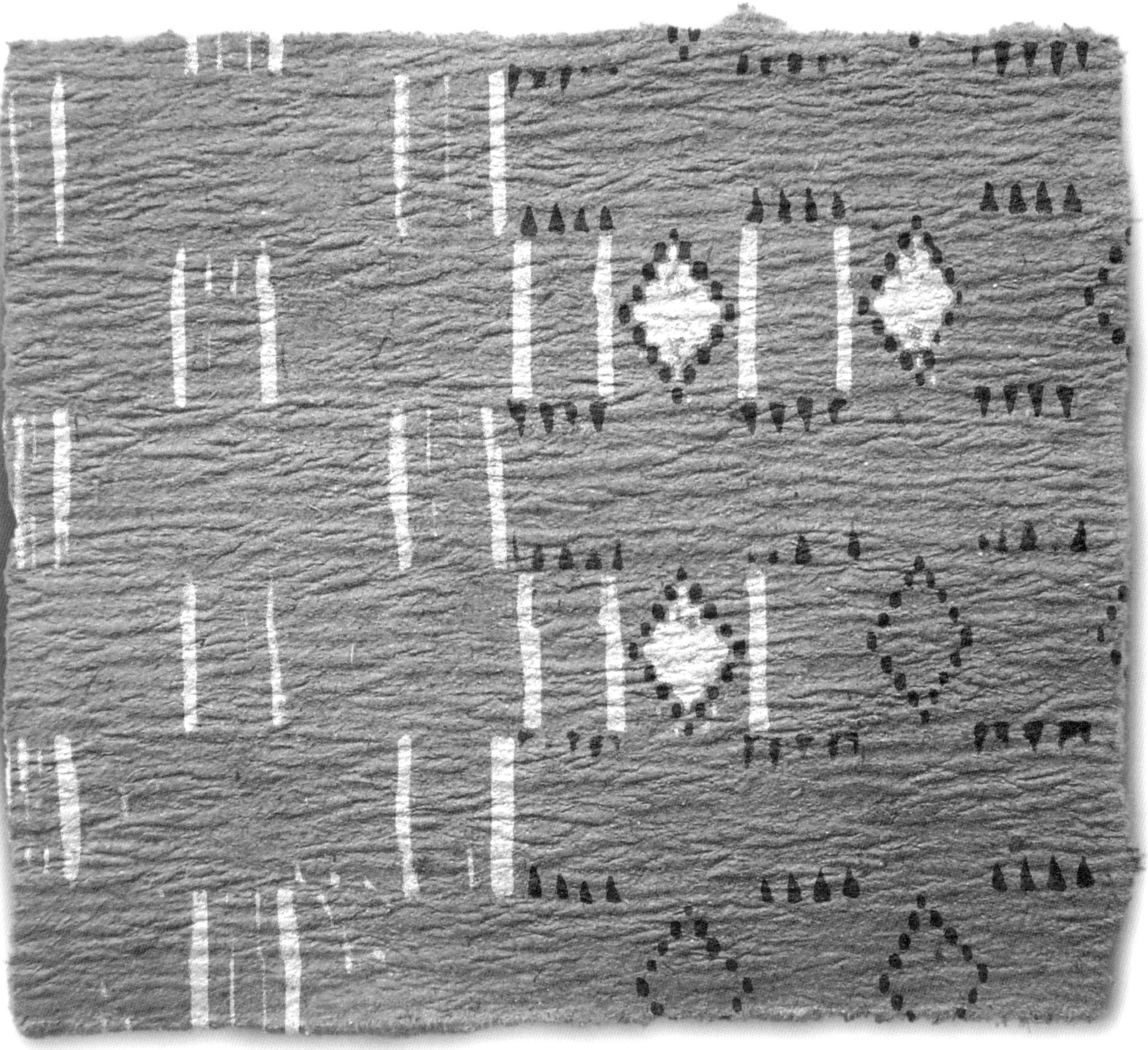

DAS HERZ EINER FRAU **SIEHT**
MEHR ALS DIE AUGEN
VON ZEHN MÄNNERN.

IN AFRIKA HABEN WIR DIE POLYGAMIE-GESELLSCHAFT.

IN EUROPA HABEN WIR DIE KONKUBINEN-GESELLSCHAFT.

Polygamie

Oft wird spekuliert, warum in Afrika noch Polygamie praktiziert wird oder besser gesagt: wie die Frauen damit umgehen. In der Vergangenheit durfte in manchen afrikanischen Stämmen eine Frau während ihrer monatlichen Regel das Haus ihres Mannes nicht betreten. Aber das war nicht, weil die Männer das nicht wollten, sondern weil die Götter es verlangten. Die Frauen durften während dieser Zeit auch nicht kochen. Die Menschen waren sehr naturgläubig; sie haben ihre Götter sehr ernst genommen und geglaubt, was immer gesagt wurde.

Um dieses Problem zu lösen, heirateten viele Männer noch eine zweite Frau. In manchen Fällen mussten sie das zunächst mit der ersten Frau besprechen und konnten es nur mit ihrer Zustimmung durchführen. Die erste Frau bekam dann Entschädigungsgeld und ein Schaf zum Schlachten für ihre große Akzeptanz und Toleranz, die nicht immer selbstverständlich war. Die zweite Frau lebte auf demselben Hof, die Frauen taten alles gemeinsam. Es wurde genau geregelt, wer an der Seite des Mannes war, wenn Besuch kam, und wer kochen durfte. Das war einmal ein Grund, warum viele Männer mehrere Frauen geheiratet haben.

Der zweite Grund war, dass manche Frauen mit der Landwirtschaftsarbeit überfordert waren und ihren Männern deswegen rieten, noch eine Zweit- oder Drittfrau dazuzunehmen, je nachdem, wie groß die Landwirtschaft war. Zu dieser Zeit gab es keine Maschinen, und die Kakaoplantagen wurden nur mit menschlicher Arbeitskraft bewirtschaftet. Man kann sich also vorstellen, warum solche Entscheidungen getroffen wurden. Auch die Kinder gingen nicht in die Schule, sondern mussten auf der Kakaoplantage helfen und übernahmen später die Landwirtschaft, wenn die Eltern alt wurden.

Es gab sowohl für die Männer als auch für die Frauen einige Vorteile und auch viele Nachteile in der Polygamiegesellschaft. Die Frauen waren wenig eifersüchtig auf einander, weil alles gut geregelt wurde. Sie wussten ja, wer noch mit ihrem Mann zusammen war, und es gab kein Versteckspiel. Auch Seitensprünge waren in der Ehe kein Thema.

Einer der Nachteile war die Versorgung der Kinder, zum Beispiel nach dem plötzlichen Tod des Mannes. Man spricht hier von ungefähr vierzig Kindern, weil Bauern möglichst viele Kinder zeugten, um Hilfe in der Landwirtschaft zu haben. Auch das Ansehen der Frauen bemaß sich nicht an ihrem materiellen Besitz, sondern daran, wie viele Kinder sie hatten. Leider waren Geschlechtskrankheiten, die von einem zum anderen übertragen wurden, ein riesiges Problem. In manchen konservativen Ländern Afrikas wird Polygamie noch immer praktiziert, und dort ist die Aids-Übertragung auch eine große Gefahr für das Gemeinschaftsleben der Eheleute.

In einem Land wie Ghana ist es gesetzlich für einen Mann nicht mehr möglich, eine zweite Frau zu nehmen. Aber es wird weiterhin praktiziert, weil es nicht dokumentiert wird oder werden kann. Andererseits gibt es nun Institutionen, die das verbieten, zum Beispiel Frauenbewegungen, die gegen Polygamie kämpfen, oder Institutionen wie Human Rights and Administrative Justice (CHRAJ), wo Frauen gegen ihre Männer klagen können, wenn der Familienunterhalt nicht bezahlt wird. Und die großen Landwirtschaftsbetriebe, die nur mit menschlicher Arbeitskraft Kapital machen, gibt es fast nicht mehr. Das heißt, ein Mann, der von einer Zweitfrau träumt, müsste auch bereit sein, ihren Lebensunterhalt zu bezahlen. Und weil das vielen Männern nicht mehr möglich ist, stirbt die Polygamie in Afrika langsam aus.

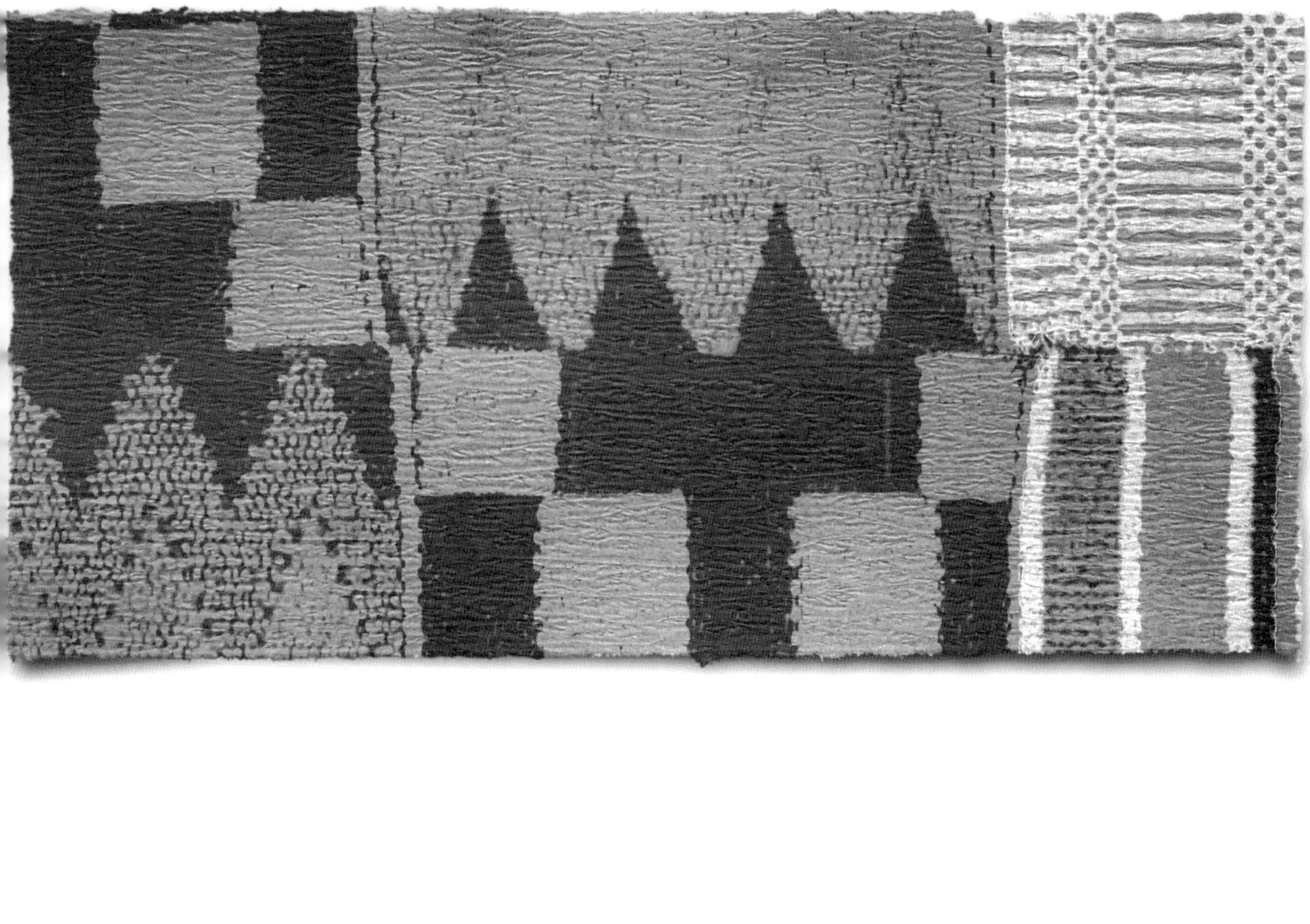

ARMUT IST WIE EIN LÖWE – KÄMPFST DU NICHT, WIRST DU GEFRESSEN.

WER EINEN **KREBS FANGEN WILL**,
MUSS SEINEN **HINTERN**
IN DIE LUFT STRECKEN.

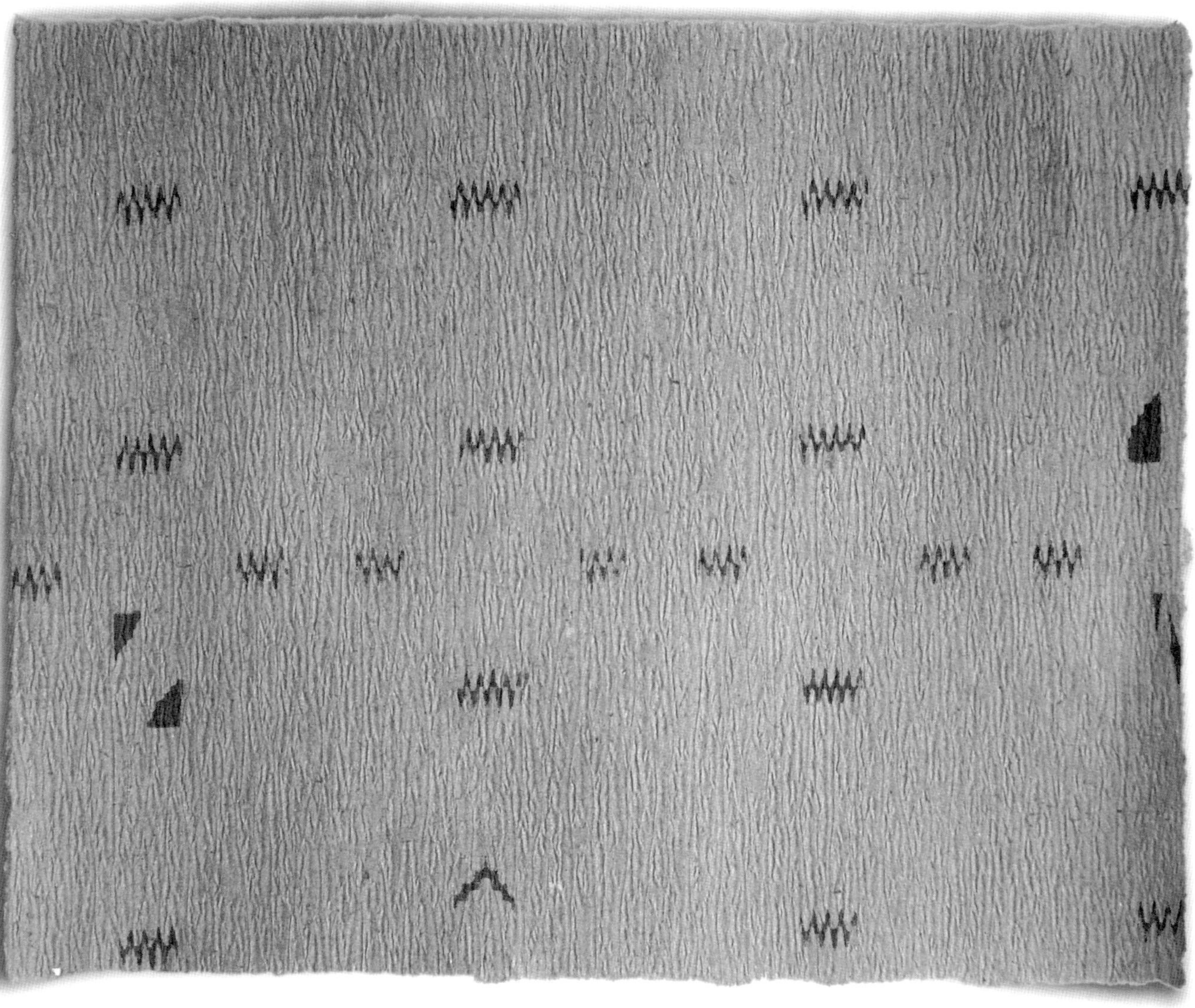

WER IMMER IN DEN HIMMEL SCHAUT,
WIRD NIE ETWAS
AUF DER ERDE ENTDECKEN.

**ARM UND REICH BENUTZEN
IM URWALD DENSELBEN PFAD.**

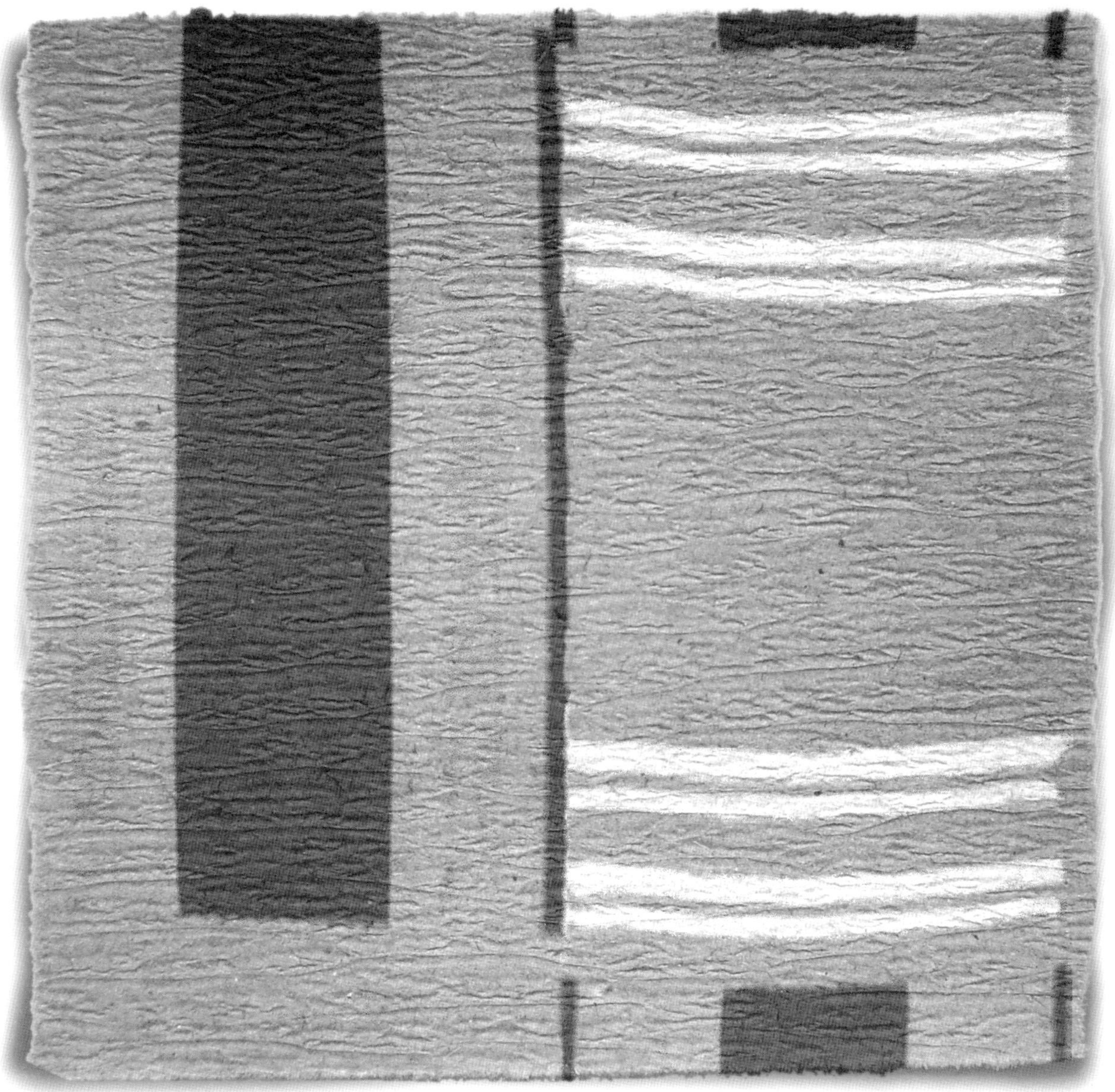

WER AUF EINEN GUTEN BAUM KLETTERT,
BEKOMMT UNTERSTÜTZUNG
VON HINTEN.

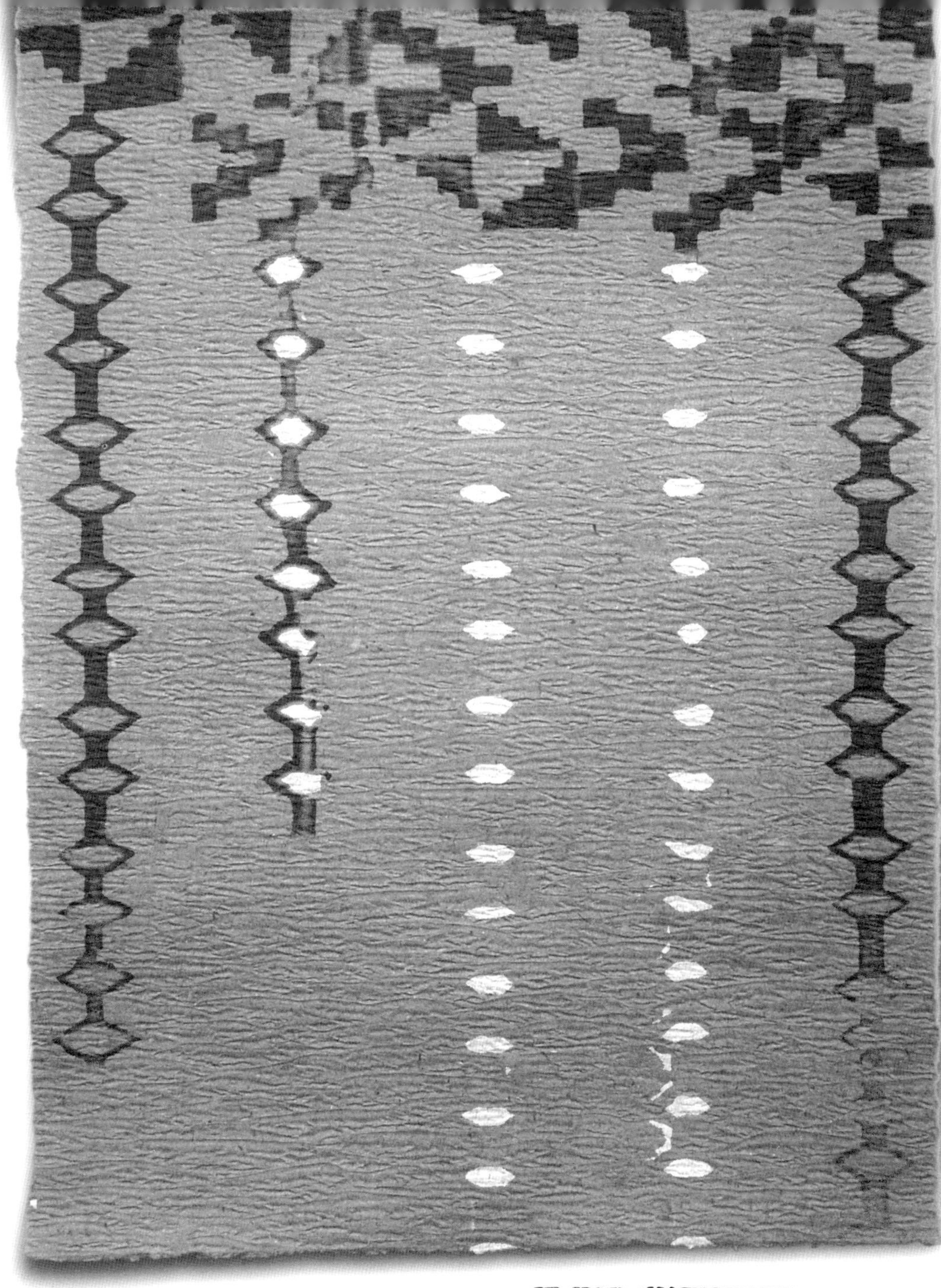

WER DIE AHNEN **NICHT SCHLAFEN LÄSST**, SCHLÄFT SELBER AUCH NICHT.

Die Ahnen

Der Körper Onipadua und das Blut Mogya eines Verstorbenen vergehen. Sie gehen in die Mutter Erde Asase ein. Die Seele Okra kehrt zu Gott Onyame zurück. Sunsum wird in den Toten- oder Ahnengeist Osaman transformiert.

Der Ahnengeist Osaman lebt zusammen mit weiteren Ahnengeistern im Ahnenreich Asamando. Jedoch kann nicht jeder Verstorbene ins Ahnenreich Asamando einkehren oder besser gesagt als Ahne bezeichnet werden. Dies hängt davon ab, wie er oder sie gestorben ist. Wenn jemand durch Selbstmord umgekommen ist, bekommt er deswegen keine vollständige Todesfeier und Zeremonie. Das heißt, er erhält keinen Ahnenstatus.

Nur jemand, der auf normalem Weg, ohne Selbstmord oder Unfall, umgekommen ist, wird als Ahne verehrt. Eine weitere Voraussetzung ist, dass man die Menschen geliebt und ihnen geholfen hat. Diese verstorbenen Menschen werden bei einem besonderen Anlass ins Gedächtnis gerufen und gefeiert.

Entsprechend der Todesart und der daraus resultierenden Totenfeier unterscheiden die Aschanti drei Arten von Ahnengeistern. Ein Ahnengeist – Twentwen – ist ein herumstreunender, zielloser Geist. Er lebt zwischen den Welten, da er ohne Totenfeier keinen Zugang zum Ahnenreich erhält. Diese Geister können in Kontakt mit Menschen treten und Unglück und Krankheit verbreiten.

Ein weiterer Ahnengeist – Atafo – ist der Geist eines jäh Verstorbenen, eines in der Schlacht Gefallenen oder eines durch ein Unglück oder Verbrechen Getöteten. Sein Geist bleibt ruhelos und kann nicht in einen Ahnengeist transformiert werden. Er wird zu einem rächenden Geist, welcher die Schuldigen seines Todes mit den unterschiedlichsten Methoden plagt.

Die letzte Gruppe ist die größte Gruppe der Totengeister, die Ahnen – Nsamanfo. Es sind die Geister von Verstorbenen, die ein gutes Leben geführt, Nachfahren hinterlassen haben und in hohem Alter eines natürlichen Todes gestorben sind. Wurden von den Hinterbliebenen alle Vorgaben für die Totenfeier eingehalten, so kann der Einzug ins Ahnenreich Asamando erfolgen.

Aufgrund ihres Alters besitzen die Ahnengeister ein höheres Wissen als die Lebenden und stehen in einer engeren Beziehung zum höchsten Wesen Onyame und anderen spirituellen Kräften. Demnach werden sie in Gebeten angerufen und um Rat und Beistand gebeten. Ihnen zu Ehren werden Feste gegeben, bei denen die Familie den Ahnen Essen gibt zum Zeichen, dass sie noch einen Platz in der Familie haben.

Jeder König oder Führer hat einen Stuhl. Dieser Thron ist ein Zeichen des Ranges, der Macht. Aber die eigentliche Bedeutung des Stuhls liegt darin, dass er ein Ahnensitz ist. Stirbt ein guter, angesehener Führer und soll sein Andenken erhalten bleiben, so wird sein Stuhl mit einer Mischung aus Blut, Ruß und bestimmten Blättern, Eigelb und Goldstaub bestrichen. Das Resultat ist ein weißer Stuhl. Dieser Stuhl trägt nun den Namen des Ahnen, der in dem Stuhl festgehalten wird. Der Stuhl hat Eisenfesseln, mit denen der Geist des Verstorbenen gefesselt werden soll.

In einem besonderen Stuhlhaus Nkodwafie wird der Stuhl der verstorbenen Könige aufbewahrt. Jeden vierten Sonntag wird gefeiert und vor den Stuhl Essen gestellt in der Hoffnung, dass die Ahnen davon essen. Trank wird für die Ahnen geopfert, indem der Okomfopanin, der älteste traditionelle Priester, mehrmals Schnaps auf den Stuhl gießt und gleichzeitig für den Zusammenhalt des Volkes betet.

WENN SICH DIE SPINNENFÄDEN ZUSAMMENTUN, KÖNNEN SIE EINEN LÖWEN FESTHALTEN.

EIN MENSCH IST EIN MENSCH
DURCH ANDERE MENSCHEN.

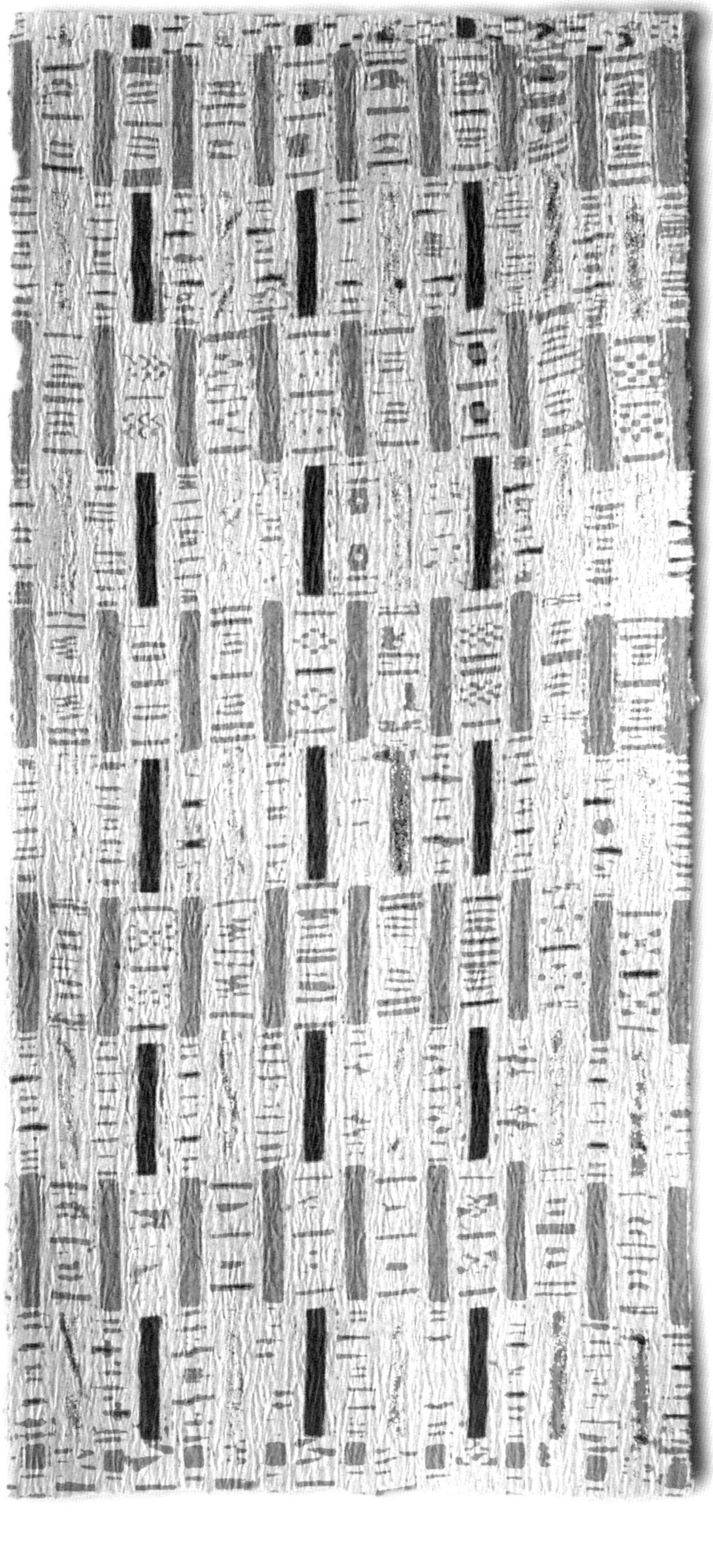

WER DIE WAHRHEIT SAGT, GEHT MIT SEINEM LEICHENTUCH SPAZIEREN.

WENN EIN ALTER MENSCH STIRBT, VERBRENNT EINE GANZE BIBLIOTHEK.

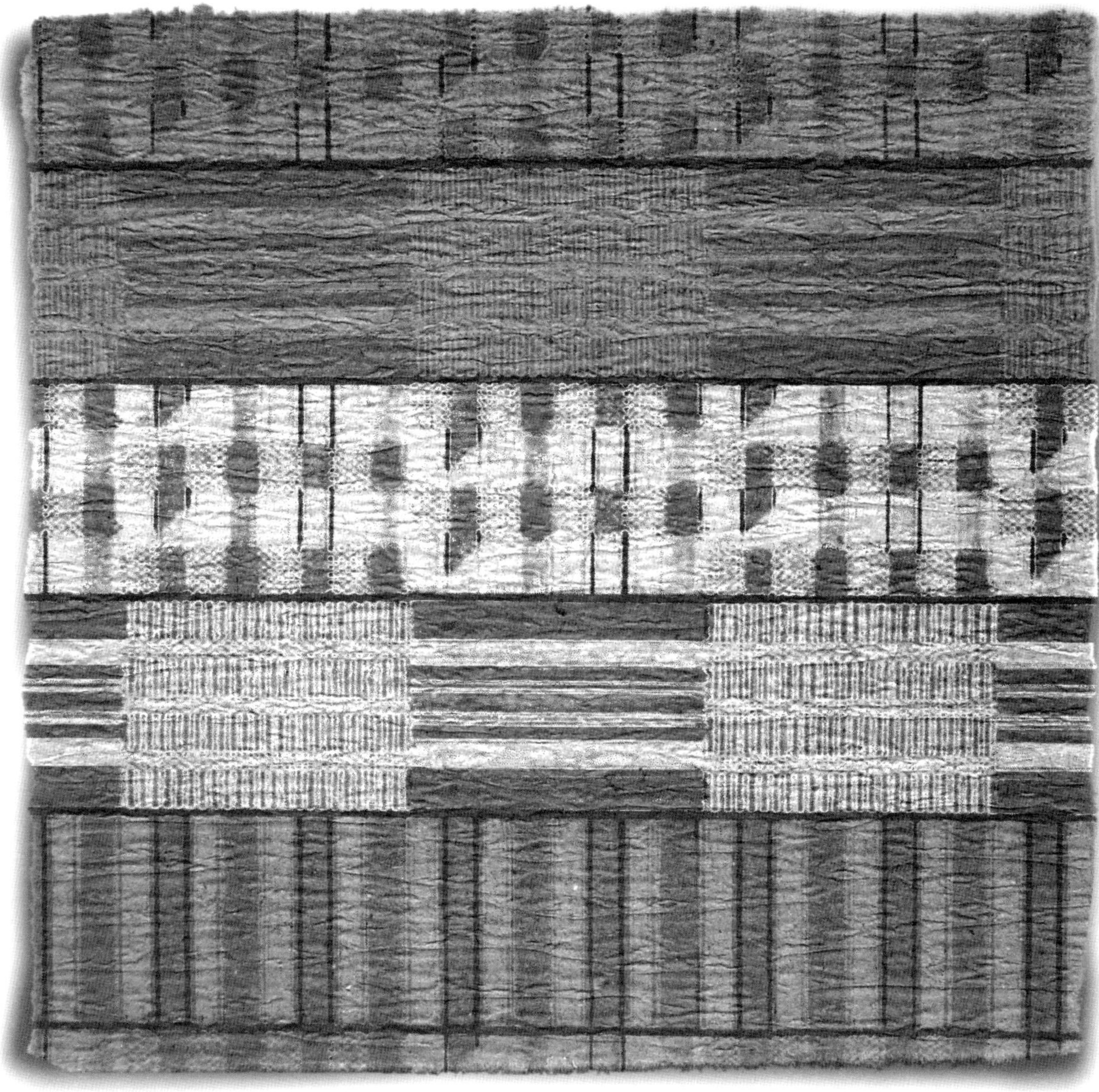

WENN DU NICHT WEISST,
WOHIN DEINE SCHRITTE DICH
FÜHREN, DANN SCHAU,
WOHER DU KOMMST.

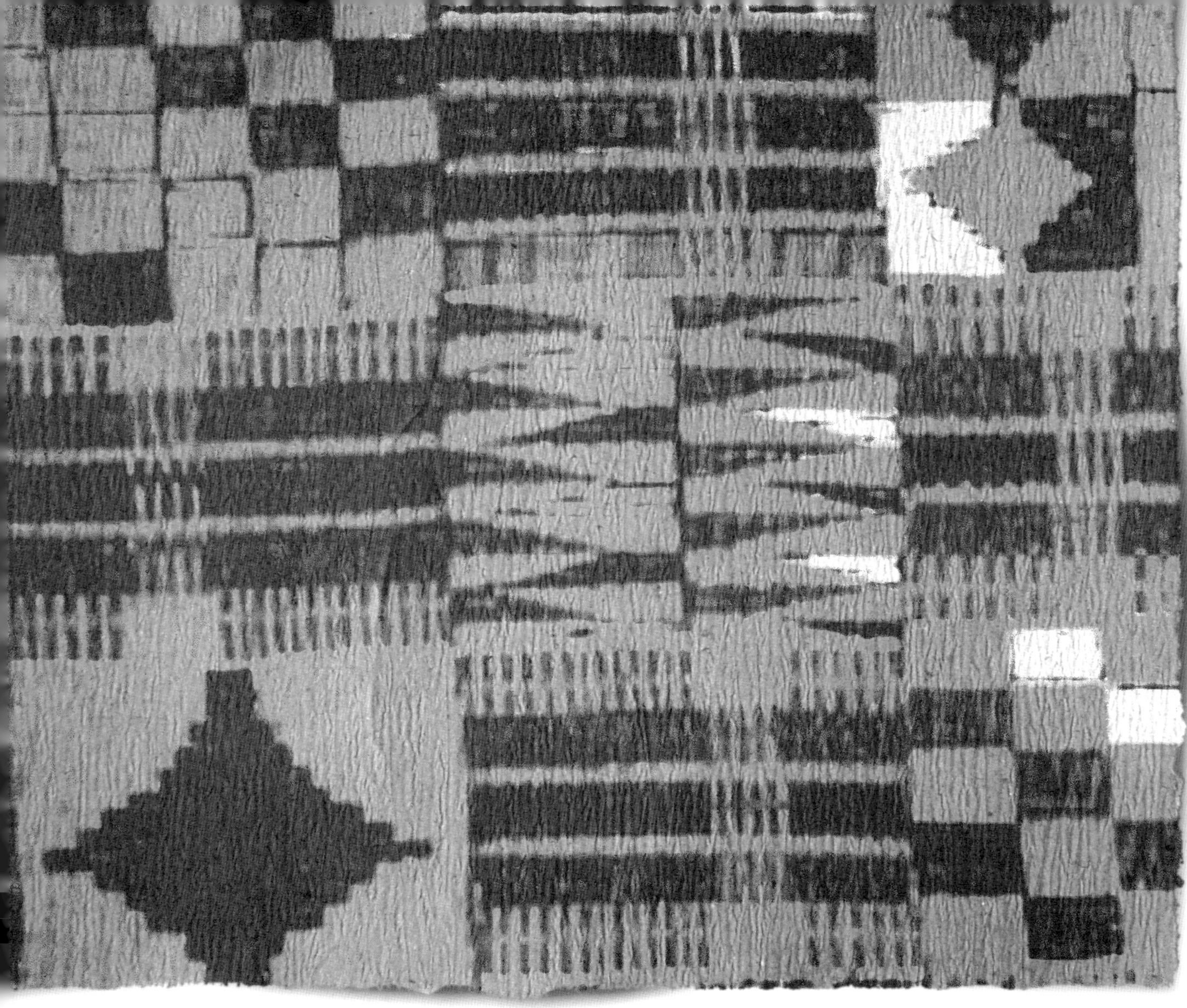

WENN DU EINEN JUNGEN ERZIEHST,
ERSCHAFFST DU EINEN MANN. ABER
WENN DU EIN MÄDCHEN ERZIEHST,
ERSCHAFFST DU EIN VOLK.

Das mutterorientierte System der Aschanti

Die Aschanti waren immer mutterorientiert, das heißt, viele Entscheidungen wurden vom Frauenrat getroffen. Die Königsmutter ist das Oberhaupt der Familie und auch des Volkes. Es ist ihre Aufgabe, den neuen König zu wählen. Unter vielen Prinzen soll die Entscheidung auf einen fallen, der einen guten Charakter hat und folgende Bedingungen erfüllt: Persönlichkeit, Redegewandtheit, Traditions- und Kulturbewusstsein und vor allem eine gute Ausbildung.

In der mutterorientierten Gesellschaft geht die Erbschaft auch auf die Frauen in der Familie über. Man erbt von der Mutterseite, nicht von der Vaterseite. Die Familienlinie wird nur von den Frauen fortgeführt, die Männer scheiden aus dem eigenen Familienkreis aus. Wenn ein Mann heiratet, geht er in die Familie seiner Frau über, das heißt, er gehört nicht mehr zu seiner eigenen Familie. Sein Vermögen bekommen seine Kinder und seine Frau.

Nach einer Scheidung muss der Mann weiterhin für den Unterhalt der Kinder sorgen, die Frau aber bekommt das Sorgerecht. Die Aschanti stehen nämlich auf dem Standpunkt, dass die Frau immer hundertprozentig die leibliche Mutter ist, beim Mann dagegen ist es fraglich, ob er der Vater ist oder nicht. Um in dieser Problematik eine endgültige Lösung zu finden, haben sich die Aschanti für das System der Muttererbschaft entschieden.

Wenn ein König Kinder hat, sind seine Kinder keine Prinzessinnen und Prinzen, deswegen können sie nie König oder Königin werden. Nur die Kinder seiner Schwester haben Anspruch auf den Königsthron. In der mutterorientierten Gesellschaft geht alles auf die Frauen über. Es ist auch wiederum die Aufgabe des Frauenrates in der Familie, den König abzuwählen, wenn er in seinem Amt ein Verhalten zeigt, das der Familie kein gutes Ansehen bringt, zum Beispiel wenn er ein Trinker ist, der die Traditionen und die Kultur des Landes vernachlässigt.

Haben in der mutterorientierten Gesellschaft die Männer überhaupt eine Verantwortung, oder besser gesagt, was macht der Großvater, wenn man nur von der Großmutter spricht? Diese Frage kann man mit dem Sprichwort beantworten: „Die Henne weiß, wann genau der Tag anbricht, aber sie überlässt die Ankündigung dem Hahn."

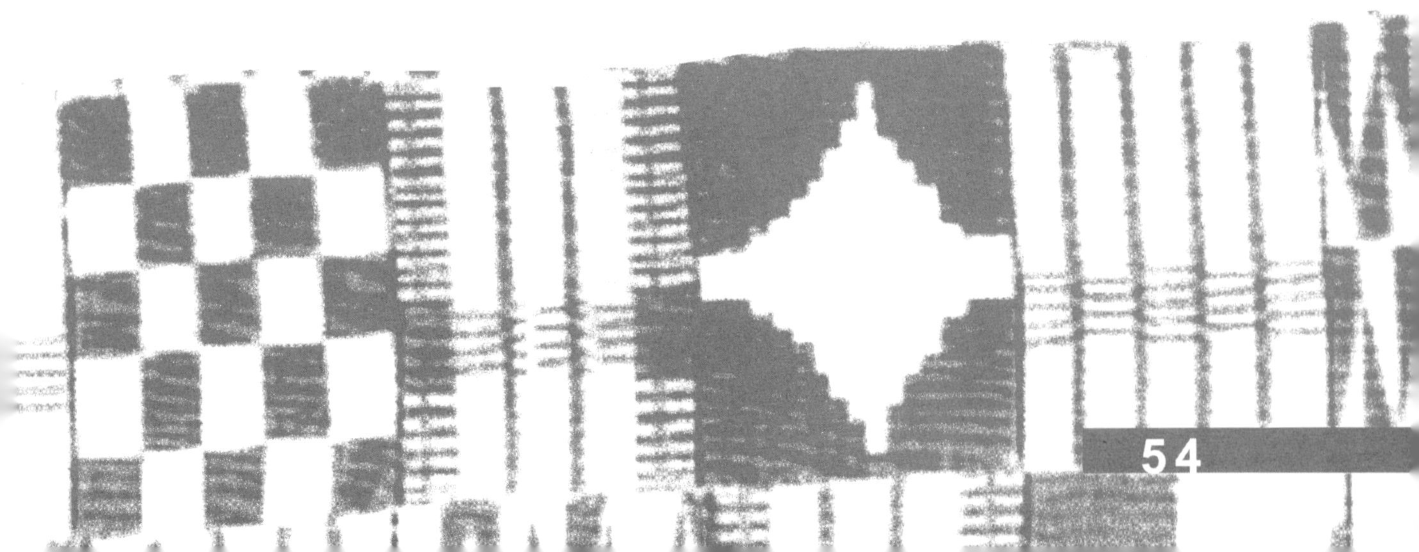

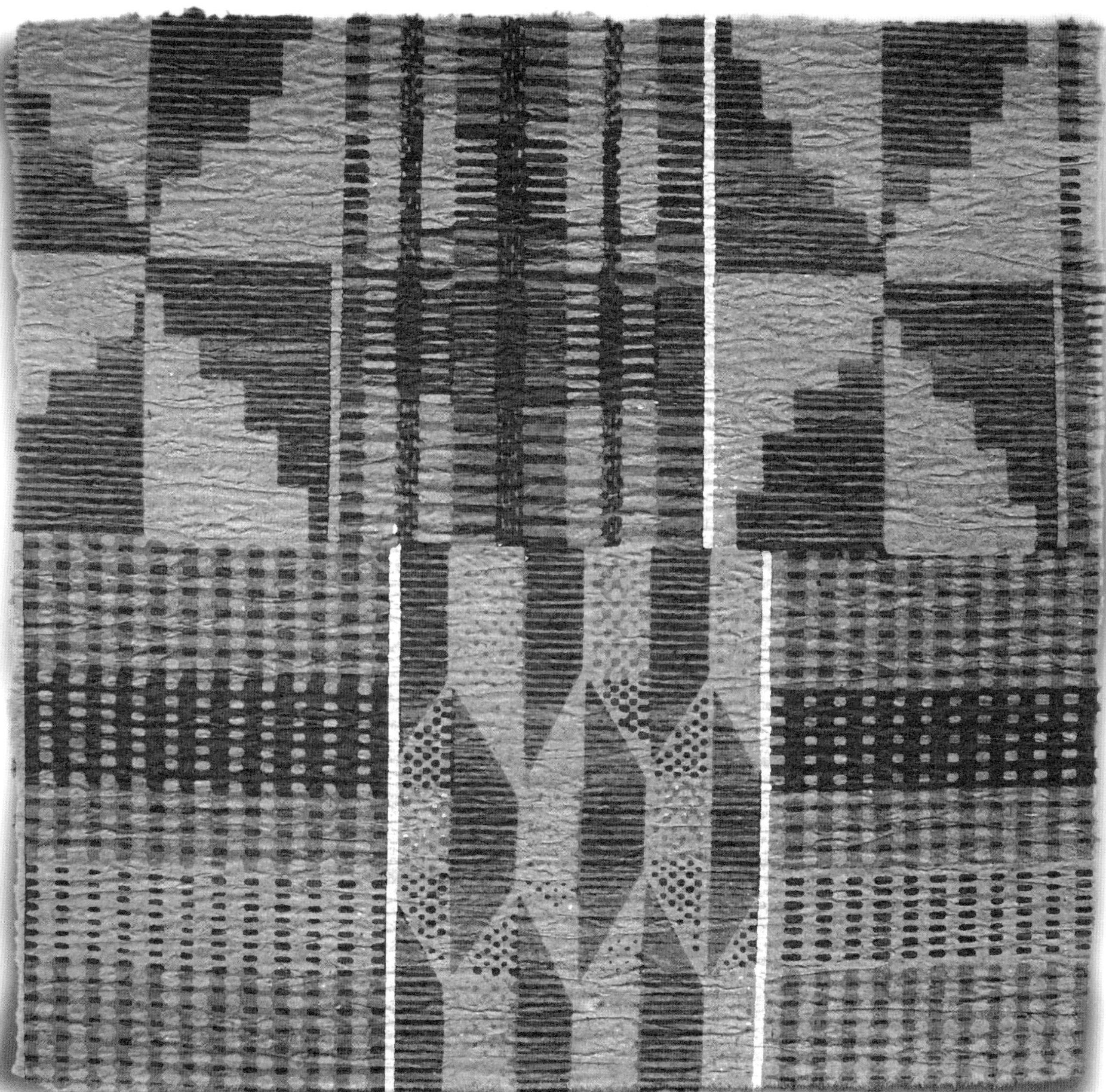

WENN **EIN VOGEL AUF EINEM BAUM** STIRBT, KOMMT
ER IRGENDWANN EINMAL
ZU MUTTER ERDE.

WER BEIM LAUFEN UMGEKOMMEN IST, ZU DESSEN BEERDIGUNG DARF MAN NICHT HASTEN.

WENN MAN **EIN ZIEGENFELL**
GENAU UNTERSUCHT, STELLT MAN FEST,
DASS EINE ZIEGE
AUCH SCHWITZEN KANN.

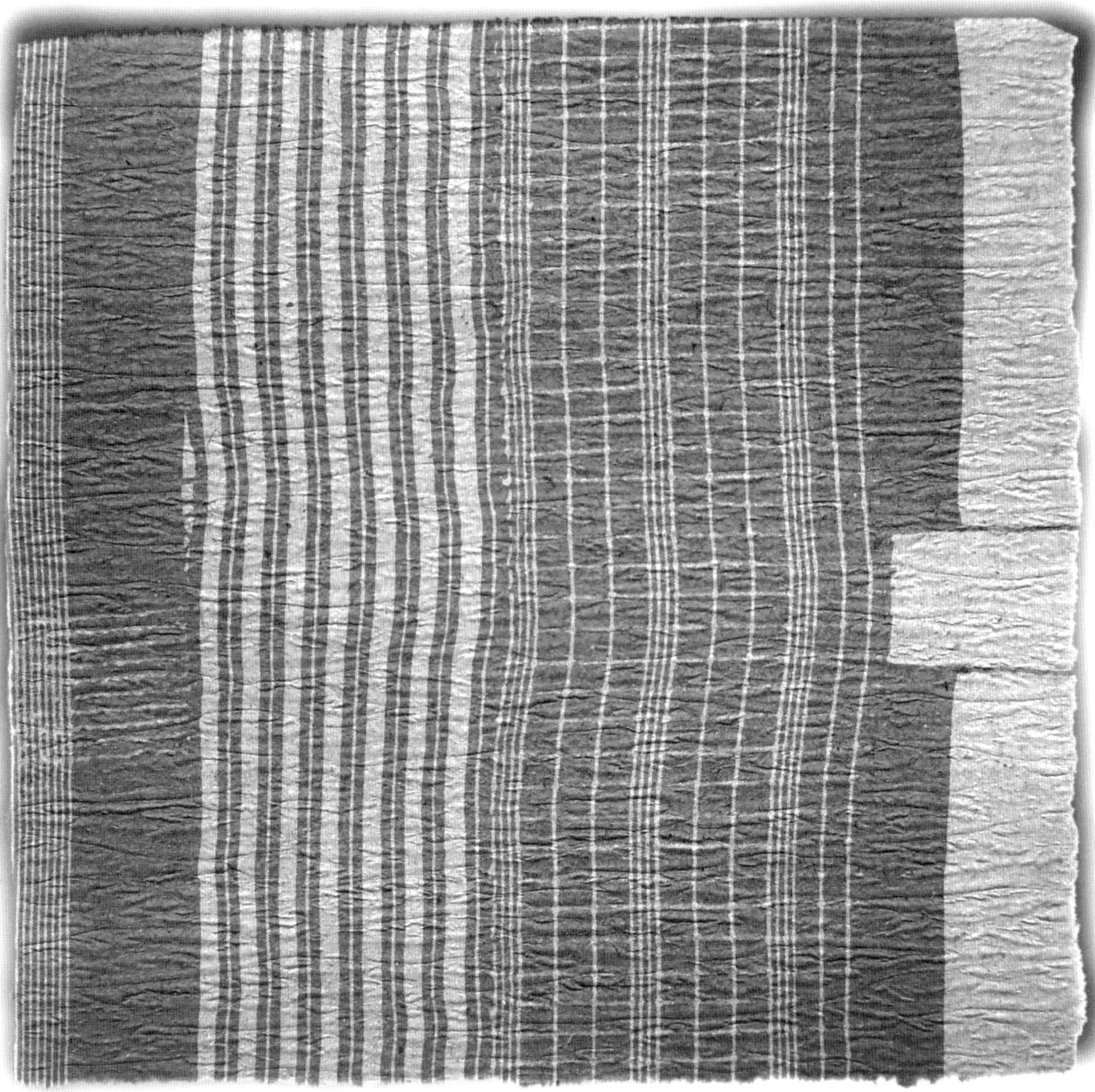

**WER WEIN VERDIENT,
SOLL NICHT WASSER BEKOMMEN.**

DIE SPUR DES ELEFANTEN
VERDECKT
DIE SPUR DER ZWERGANTILOPE.

DIE **BEWEGUNG** IST DIE
SCHWESTER DES RHYTHMUS.

Afrikanische Musik

Viele afrikanische Kulturen haben Tonsprachen, das heißt Sprachen, in denen die Tonhöhe zur Unterscheidung von Bedeutung benutzt wird. Dies hat zum Teil erhebliche Konsequenzen, zum Beispiel dahingehend, dass mit auf Instrumenten gespielten Tonfolgen ein bedeutungsvoller und für die Zuhörer verständlicher Text gespielt werden kann, aber auch, dass Tonfolgen in der Volksmusik dem Sprachton unterworfen sein können.

Über afrikanische Musik kann man nicht sprechen, ohne den afrikanischen Tanz einzuschließen. Viele afrikanische Sprachen haben nur ein Wort für die beiden in der europäischen Kultur zumeist unterschiedenen Konzepte. Musik und Tanz, Maskierung und Geschichtenerzählen stehen in Schwarzafrika immer im Zusammenhang mit einem gesellschaftlichen Ereignis.

Eine zu einem solchen Ereignis gespielte Musik konnte und kann nicht einfach verändert werden, denn sie gehört ursächlich zur jeweiligen Feier oder dem Ritual. Entsprechend vielfältig sind die Formen, welche festgelegt und allen bekannt sind. Eine Improvisation eines Trommlers würde beispielsweise auf Unverständnis stoßen. Varianten sind jedoch keineswegs untersagt, sondern in einem bestimmten Umfang sogar gefordert, besonders um in der Aufführungssituation auf bestimmte Reaktionen der Mitbeteiligten eingehen zu können. Diese Variationen müssen sich jedoch in Grenzen halten, da die Sprache der Instrumente sonst nicht mehr verstanden würde.

Bei allen Ereignissen von Bedeutung und sogar bei alltäglichen Verrichtungen spielt Musik eine zentrale Rolle: Die Bedeutung der Musik geht so weit, dass eine Feier nicht stattfinden kann, wenn die entsprechenden Musiker verreist oder krank sind.

Afrikanische Trommeln können regelrecht singen und sprechen. Die musikalischen Patterns sind oft aus der Sprache entstanden. Die einzelnen Trommelschläge eines Rhythmus-Patterns müssen sich in ihrer Tonhöhe bzw. in ihrer Klangfarbe klar unterscheiden, ansonsten bleiben sie unverständlich und ohne Sinn. Mit den so genannten Sprechtrommeln können sogar Wörter und Sätze mitgeteilt werden. Manche Trommler brauchen jahrelang, um den richtigen Klang auf ihrer Trommel herauszuarbeiten.

Historische Forschungen haben gezeigt, dass afrikanische Musikkulturen niemals statisch, sondern im Gegenteil überaus dynamisch waren und sind. Daher ist der Begriff der „ursprünglichen afrikanischen Musik" lediglich eine romantische Vorstellung des Westens und wird heute zur Erhöhung des Marktwertes afrikanischer Musik gebraucht, entbehrt aber sachlich jeder Grundlage.

Darüber hinaus sind die afrikanischen Kulturen zu verschieden, um Gemeinsamkeiten für den ganzen Kontinent zu benennen. Verschiedene Tonsysteme, Musiken in Verknüpfung mit Kult, Repräsentation, dörflichen Festen, städtischer Unterhaltung sowie seit dem 20. Jahrhundert eine kommerzielle Musikindustrie existieren jeweils unter lokal verschiedenen Bedingungen. Eine grobe Einteilung in Stilgebiete unterscheidet den khoisaindgeprägten Süden vom bantussprachigen Zentralafrika und den mehr oder weniger islamisch beeinflussten Regionen Ost- wie Westafrika.

EIN KIND KANN SCHNECKENHÄUSER ZERBRECHEN, ABER **KEINE** SCHILDKRÖTENPANZER.

**OHNE TROMMEL
KEIN TANZ.**

ARMUT IST WIE FEUER: ERST WENN MAN ES FÜHLT, VERSTEHT MAN SEINE INTENSITÄT.

DER FREMDE
SIEHT
NUR DAS,
WAS ER WEISS.

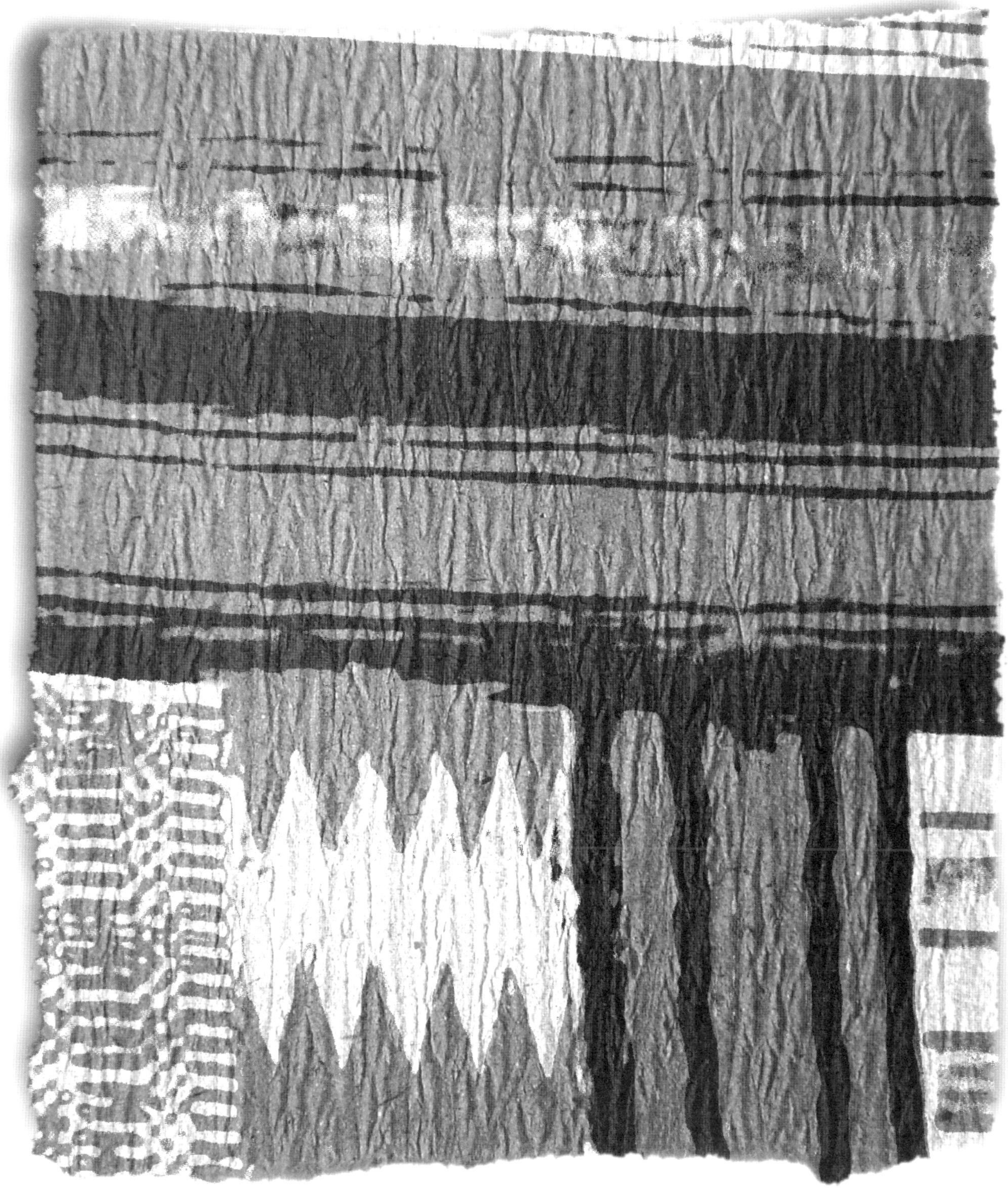

HAU NIE DEM MANN AUF DEN KOPF,
ZWISCHEN DESSEN
ZÄHNEN DU DEINE FINGER HAST.

WEISHEIT WOHNT NICHT NUR
IN EINEM EINZIGEN HAUS.

Kalebasse voll Weisheit

Schon seit langem ärgerte sich die Spinne Kwaku Ananse, dass nicht nur sie, sondern auch andere Geschöpfe kluge Gedanken hatten. Eines Tages beschloss sie, alle Weisheiten dieser Welt einzusammeln. „Mir allein steht es zu, sie zu besitzen", sagte Kwaku Ananse zu sich.

Er holte eine riesige Kalebassenfrucht und höhlte sie aus. „In dieser hohlen Kalebasse werde ich alle Weisheit der Welt einsammeln", sagte er mit Bestimmtheit und Verbissenheit. Nun wanderte er hierhin und wanderte dorthin, wanderte im ganzen Land umher. Wenn Kwaku Ananse jemanden traf, sang er, bis dieses Wesen eingeschlafen war, nahm sich seine Weisheit und gab sie in die hohle Kalebasse. Jedem Geschöpf, ob es nun groß oder klein war, stahl er die weisen Gedanken und stopfte, was er erbeutet hatte, in die Kalebasse.

Endlich, nach vielen Jahren, war es so weit. Kwaku Ananse hatte alle Weisheit der Welt in seiner Kalebasse eingefangen. Jetzt hätte er glücklich und zufrieden sein können, aber er war es nicht. „Womöglich raubt mir einer meinen kostbaren Schatz!", dachte er. „Ich muss ihn verstecken."

Auf dem Erdboden war ihm kein Platz sicher genug. Kwaku Ananse dachte nach und dachte nach, hatte schließlich einen guten Einfall und eilte zum höchsten Baum der Welt, einem Oduruwansambaum. „Dort oben im Wipfel, im dichtesten Laub", sagte Kwaku Ananse zu sich, „wird niemand meinen kostbaren Schatz entdecken, das schwöre ich bei Allah."

Als Kwaku Ananse auf den Baum kletterte, trug er die gesammelte Weisheit um den Hals. Mit seinem großen Bauch kam er nur langsam voran. Keuchend musste er immer wieder eine Pause machen, um tief durchzuatmen. Nun besaß er zwar viel Weisheit, aber in diesem Augenblick wusste er nicht, wie er mit der Weisheit umgehen sollte. Die Kalebasse schwang heftig hin und her. Plötzlich rissen die Fäden, an denen sie festgebunden war. Die Kalebasse mit der Weisheit schlug krachend auf der Erde auf und zerbrach.

So konnte jede einzelne Weisheit dorthin zurückkehren, wo sie hingehörte. Seitdem gibt es das Sprichwort: „Weisheit wohnt nicht nur in einem einzigen Haus".

DER TOD IST WIE DER MOND:
NOCH NIEMAND HAT SEINEN RÜCKEN GESEHEN.

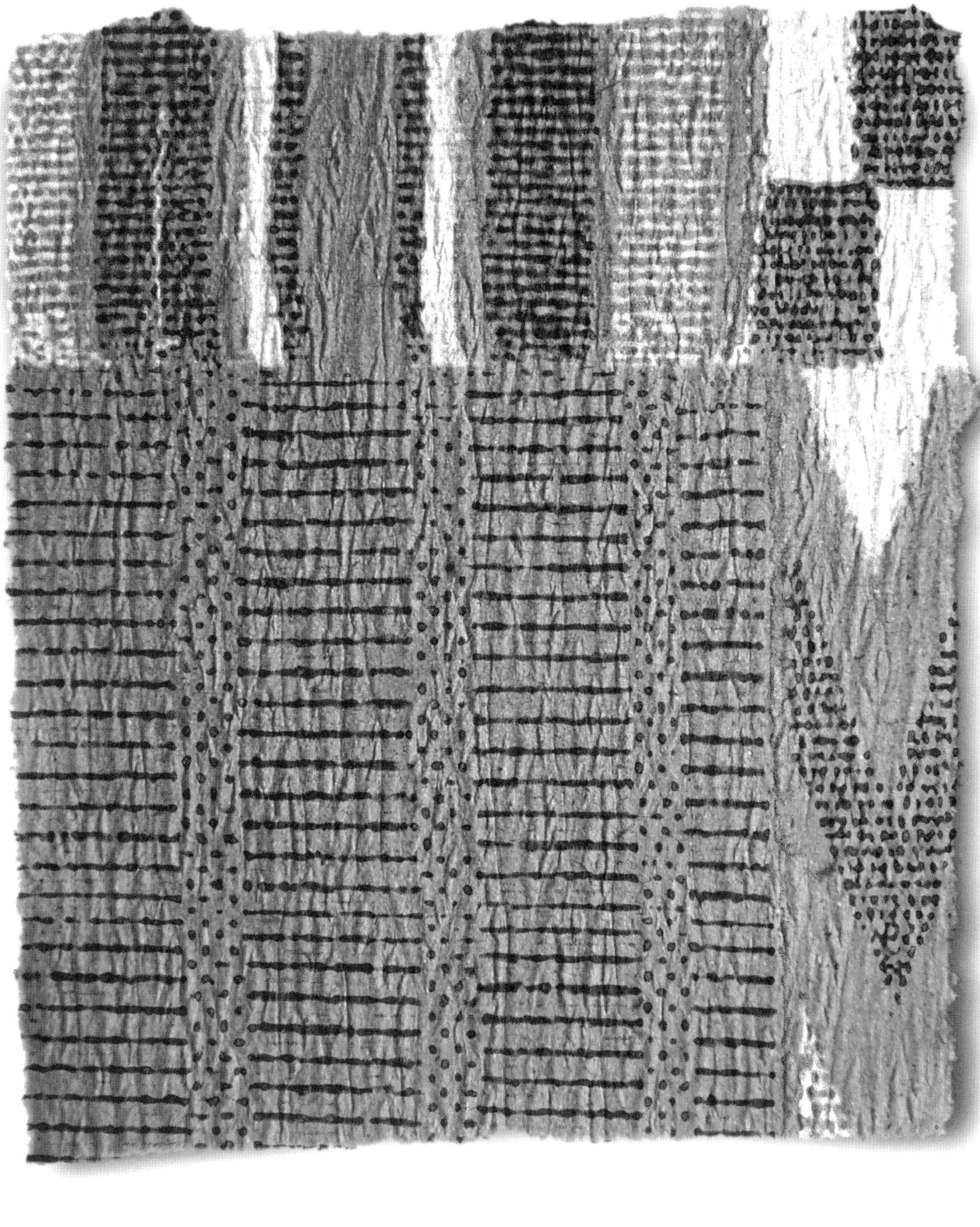

BEI EINEM UNFALL BESTEHEN DREI MÖGLICHKEITEN: ENTWEDER BEKOMMT MAN EINEN SCHOCK, ODER MAN WIRD VERLETZT, ODER MAN KANN SOGAR STERBEN. ABER KEINE VON DEN DREIEN IST GUT.

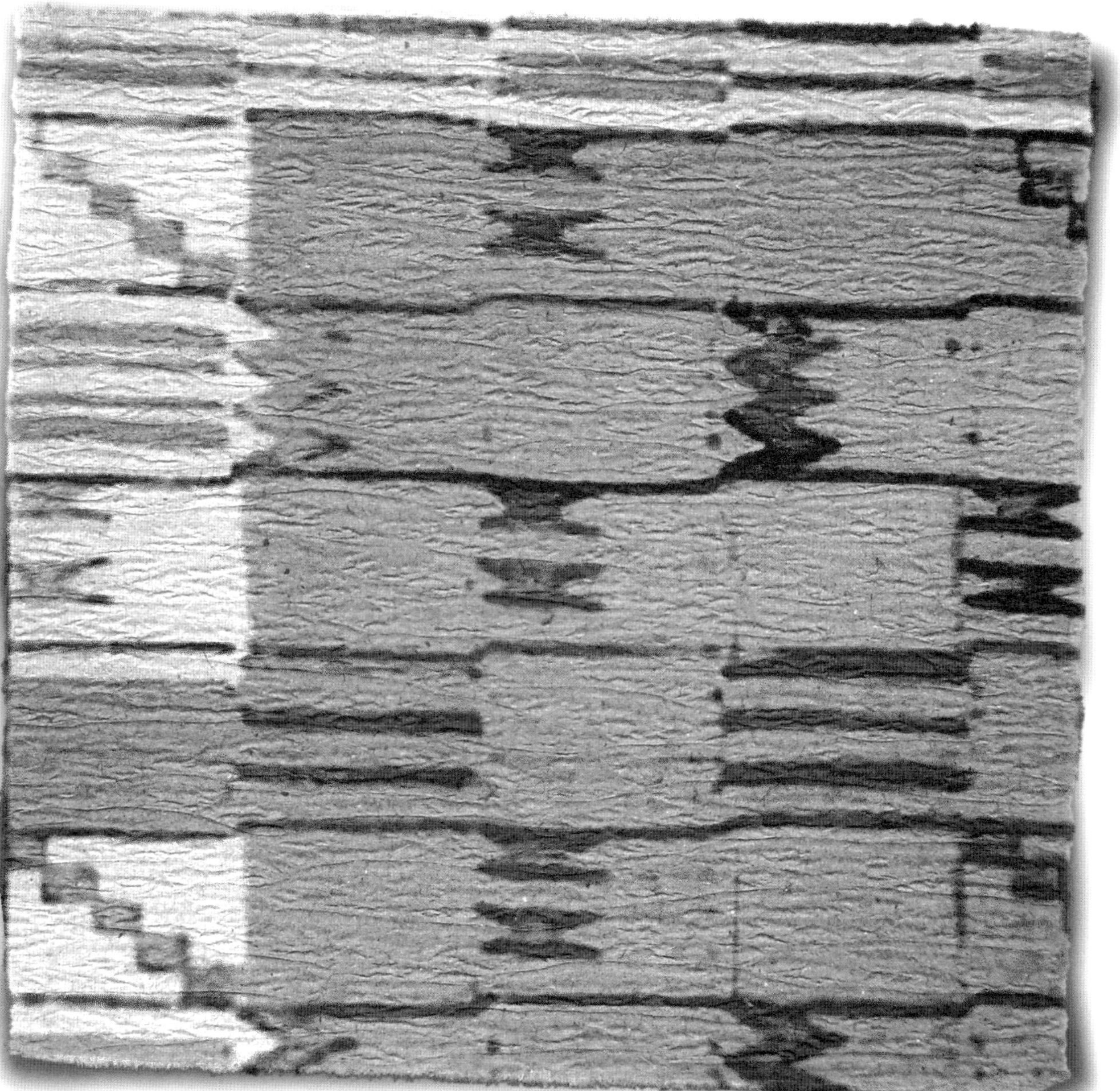

SOLANGE DER **KOPF**
AUF DEM HALS SITZT,
TRÄGT **DAS KNIE** KEINEN HUT.

WENN MAN VERSUCHT, MIT BEIDEN AUGEN IN EINE FLASCHE ZU SCHAUEN, SCHLIESST SICH EIN AUGE AUTOMATISCH.

DIE LEITER DES TODES
MUSS JEDER HINAUFKLETTERN.

EINE FRAU IST DIE BLUME IM GARTEN, IHR MANN DER ZAUN DRUMHERUM.

Die Beschneidung der Mädchen

Weibliche Beschneidung oder Genitalverstümmelung ist bei vielen afrikanischen Völkern verbreitet. In Sudan, Ägypten, Äthiopien oder Djibouti sind fast alle Frauen beschnitten. In Burkina Faso, Senegal, Kenia und so weiter sind manche Stämme betroffen. Auch in der arabischen Welt gibt es einige Länder, die weibliche Beschneidung praktizieren, zum Beispiel die Vereinigten Arabischen Emirate oder der Südjemen. Weltweit sind schätzungsweise 100 bis 157 Millionen Frauen und Mädchen von der Beschneidung betroffen. Mehr als 2 Millionen Mädchen kommen jährlich hinzu.

Es gibt viele verschiedene Formen der Genitalverstümmelung. Bei der milden Sunna – das bedeutet in der arabischen Sprache „Tradition" – wird die Vorhaut der Klitoris entfernt. Die zweite Methode ist die modifizierte Sunna, die vollständige Entfernung der Klitoris. Schließlich gibt es noch die Clitoridektomie, also die Entfernung eines Teils oder der gesamten inneren Schamlippen. Diese Operation hinterlässt häufig ein Narbengewebe, das so groß ist, dass es die vaginale Öffnung bedeckt.

Eine weitere Methode ist die Infibulation oder Pharaonische Beschneidung. Hier werden die Klitoris und die inneren Schichten der äußeren Schamlippen entfernt. Die übrig gebliebenen äußeren Schamlippen werden dann mit Katzendarm zusammengenäht oder mit Dornen aneinander befestigt. Die verbleibende Haut wächst zusammen. Ein kleines Stück Rohr wird in die Wunde gesteckt, um eine Öffnung für Urin und Menstruationsblut zu lassen.

Der Eingriff wird mit unterschiedlichsten Instrumenten wie Scheren, Glasscherben, Rasierklingen oder Messern und meistens ohne jegliche Anästhesie vorgenommen. Die Verstümmelung wird von Hebammen oder alten Frauen, seltener von männlichen traditionellen Priestern, an vier- bis achtjährigen Mädchen durchgeführt.

Die Genitalverstümmelung ist ein alter Brauch, der auf die Zeit vor der Entstehung der monotheistischen Religionen zurückgeht. Er wird bei Muslimen wie auch bei Christen durchgeführt. Es gibt verschiedene Begründungen: zum Beispiel, die Verstümmelung mache die Mädchen zu vollwertigen Frauen, weil der sogenannte „männliche Teil" der Frau weggenommen wird, oder das weibliche Geschlecht sei hässlich und unrein, oder die Beschneidung schütze die Frau vor Krankheiten, Ausfluss und Würmern. Zudem wird behauptet, die Verstümmelung steigere die Fruchtbarkeit und die Heiratschancen der Frau.

Man hört auch die Argumente, die Verstümmelung verringere das sexuelle Verlangen der Frauen und schütze sie selbst vor ihrer ungezügelten Sexualität, Männer empfänden größeres sexuelles Vergnügen mit verstümmelten Frauen, Genitalverstümmelung sei ein religiöses Gebot, und außerdem müsse die alte Tradition bewahrt werden. Aus diesen Gründen werden Genitalverstümmelungen in vielen afrikanischen Ländern praktiziert.

Negative Folgen für beschnittene Frauen sind beispielsweise Schockzustände aufgrund des hohen Blutverlustes oder Blutvergiftung und Tetanus. Eine Infizierung mit Kinderlähmung, Hepatitis und HIV kann vorkommen. Hinzu kommen Schmerzen bei der Menstruation und beim Sex, vor allem nach der Hochzeit und auch nach den Geburten, wenn der Mann beim Sex die kleine Öffnung penetriert.

Die schlimmsten Folgen sind Verhaltensstörungen, Depressionen, Angstreaktionen und unheilbare Psychotraumata. Es gibt Organisationen, die gegen Beschneidung kämpfen, aber leider befinden sich die meisten davon in Europa und den USA, während die meisten Betroffenen im Ausland leben. Schön wäre, wenn die Angehörigen jener Nationen, in denen Beschneidungen praktiziert werden, etwas dagegen unternähmen, denn nur dann kann das Problem der Beschneidung endgültig gelöst werden.

Bei den Aschanti in Ghana ist die Beschneidung unbekannt, genau wie bei vielen anderen afrikanischen Völkern. Das heißt, nicht alle afrikanischen Frauen sind beschnitten.

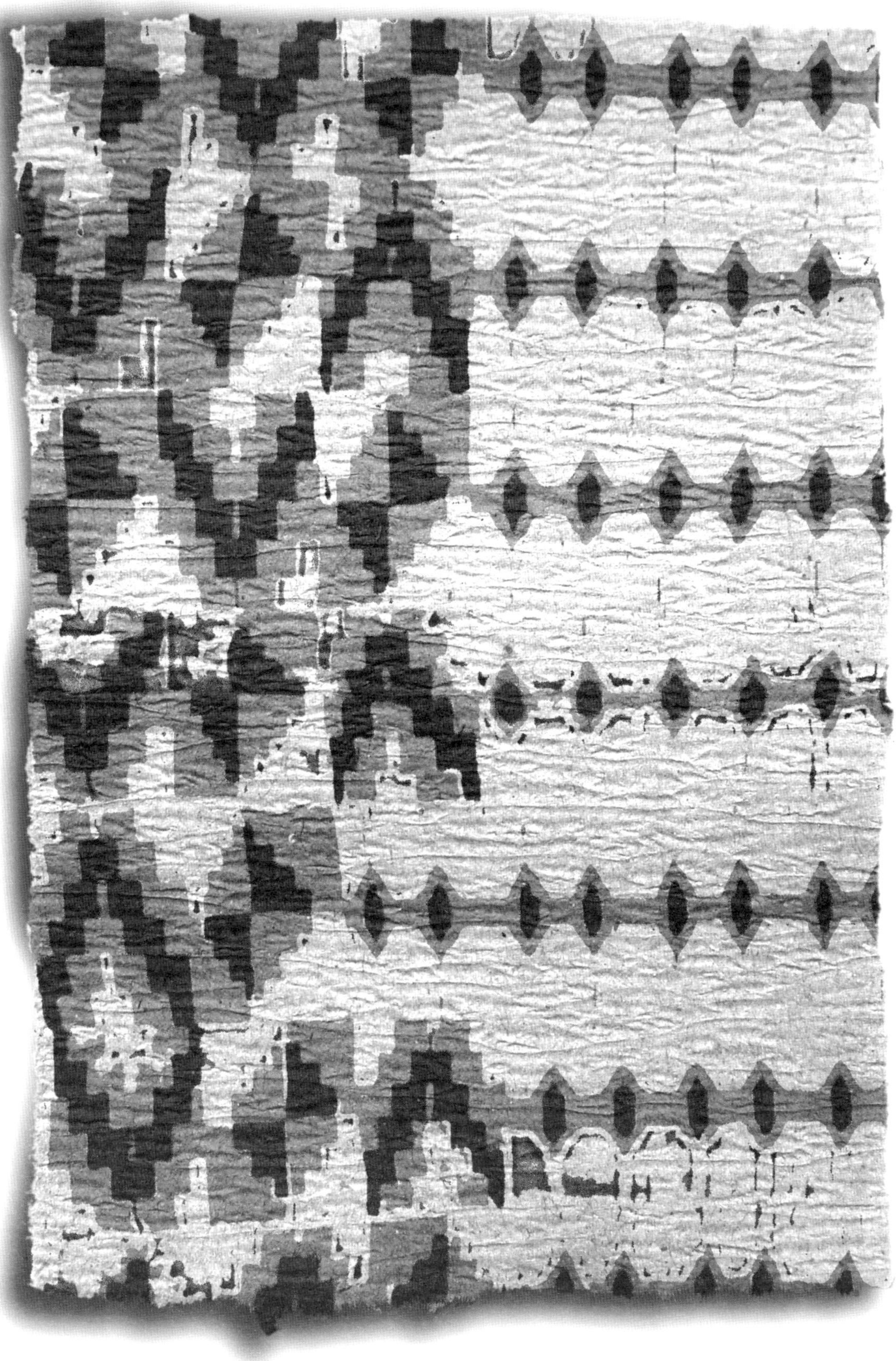

WENDE DEIN GESICHT **DER SONNE ZU**, DANN FALLEN DIE SCHATTEN **HINTER DICH**.

WIE MAN ISST, SO WIEGT MAN.

DIE KUH WIRD MIT OHREN GEBOREN, HÖRNER BEKOMMT SIE ERST SPÄTER.

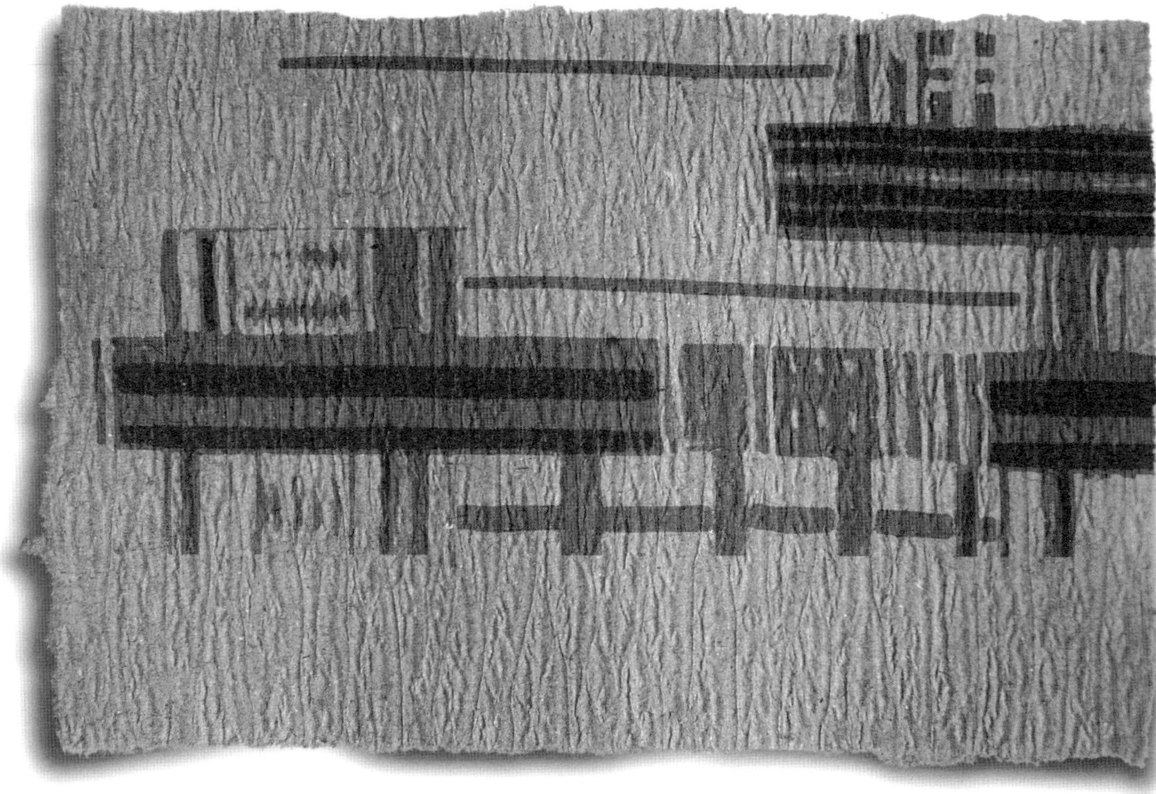

EIN SPRICHWORT IST DAS BLATT, DAS MAN BRAUCHT, UM EIN WORT ZU ESSEN.

MAN **DARF NICHT** AUFGEBEN,
BIS MAN DEN RICHTIGEN FREUND
GEFUNDEN HAT.

DIE MACHT IST WIE EIN EI.

WENN MAN SIE NICHT BEHUTSAM HÄLT, ZERBRICHT SIE.

Voodoo und Schwarze Magie

Voodoo ist ursprünglich eine westafrikanische Religion. Der Voodoo leitet sich aus einem afrikanischen Wort für Geist oder auch Gottheit ab und existierte möglicherweise schon vor mehreren tausend Jahren. Voodoo wird heutzutage hauptsächlich in Benin, der Dominikanischen Republik, Ghana, Haiti, Louisiana und Togo sowie in etwas abweichender Form und unter anderem Namen auf Kuba und in Brasilien praktiziert.

Oftmals wird Voodoo als Schwarze Kunst oder Schwarze Magie angesehen. Genährt wurde diese Vorstellung durch die Praktiken des Totenkults und den Glauben an die Wiederbelebung längst Verstorbener. Es gab auch Gerüchte über die Tötung von Kindern. Voodoo-Zauberer sollen angeblich das Blut der Kinder für geheimnisvolle Zeremonien verwendet haben. Auch heute soll es noch schwarzmagische Rituale geben, bei denen Tiere geopfert werden.

Die meisten afrikanischen Sklaven, die man im 16. Jahrhundert nach Haiti oder in den Süden der USA brachte, waren Voodoo-Anhänger aus Westafrika. Die französischen Kolonialherren verboten ihnen die Ausübung ihres Glaubens und führten den Katholizismus als offizielle Religion ein. Nachdem Haiti am 31. Dezember 1804 die Unabhängigkeit von Frankreich erlangte, wurden auch die alten Bräuche wieder in Freiheit ausgeübt.

Wegen des christlichen Einflusses unterscheidet sich der amerikanische und karibische Voodoo jedoch von seinem afrikanischen Ursprungsglauben. Viele der Einwohner Haitis bekennen sich neben dem Glauben ihrer Vorfahren gleichzeitig zum Christentum und bringen katholische Traditionen in ihre Riten ein. In Afrika fließen dagegen Elemente des Islam in den Voodoo ein.

Eine geschlossene Glaubensgemeinschaft gibt es eigentlich nicht, vielmehr teilen sich die Anhänger des Voodoo in einzelne Gruppen auf. Jede Gruppe verehrt eine bestimmte Tradition, eine Figur oder einen Loa, eine der alten afrikanischen Gottheiten. Der oberste Loa ist Olorun, sein Gegner heißt Obatala. Darüber hinaus existieren noch weitere hundert Götter oder Geister. Einige der wichtigsten sind Legbe, Ghede, Dumballah, Agwe Ogoun oder Erzulle. Ein Priester wird Houngan, eine Priesterin Mambo genannt.

Jede Gruppe wird von einem meistens älteren Oberhaupt geführt, das über die Regeln der Gemeinschaft wacht. Bei ihren Zeremonien rufen die Anhänger meist unter Trommelschlägen und bestimmten Tänzen alte Geister herbei. Den Voodoo-Kult kann man in den Rada-Kult und den Petro-Kult aufteilen. Der Rada-Kult ist der ältere und somit traditionsreichere Kult. Der Petro-Kult wurde wahrscheinlich am Ende des 18. Jahrhunderts von einem Mann namens Petro gegründet, der Rauschmittel verwendet haben soll, um seine Anhänger in Ekstase zu versetzen.

Ein bekannter, aber meist übertrieben dargestellter Brauch ist das Herstellen von Voodoo-Puppen, die einem bestimmten Menschen nachgebildet sind. Durch Stechen in die Puppe sollen dem Betroffenen Schmerzen zugefügt werden. Benutzt wurde dieses Verfahren ursprünglich von Priestern in New Orleans und in Haiti.

Voodoo ist in Afrika noch sehr verbreitet, auch manche Menschen, die die Orthodoxe Kirche besuchen, praktizieren immer noch den Voodoo-Kult. Es ist ein Teil der Religion und Tradition der Menschen geworden. Viele Beispiele zeigen die Gefährlichkeit des Voodoo- Kults und weisen darauf hin, dass man wirklich Abstand nehmen soll.

Ich habe einmal in dem Dorf, in dem meine Großmutter wohnte, gesehen und erlebt, wie jemand, der nicht an Voodoo glaubte, aus Wut die Voodoo-Puppen und den Schrein des Voodoo-Priesters niedergebrannt hat. Wenige Minuten später flossen Blut und Insekten aus seinem Mund und seiner Nase. Innerhalb von zehn Minuten war er tot. Seitdem habe ich selber Respekt vor diesen satanischen Dingen. Deswegen war es für mich wichtig, dieses Buch mit Erklärungen zu diesem Thema zu ergänzen.

WENN DIE LETZTEN BÄUME STERBEN, STIRBT AUCH DER LETZTE MENSCH.

GEWALT HAT **KEIN**
EINZIGES GUTES KIND.

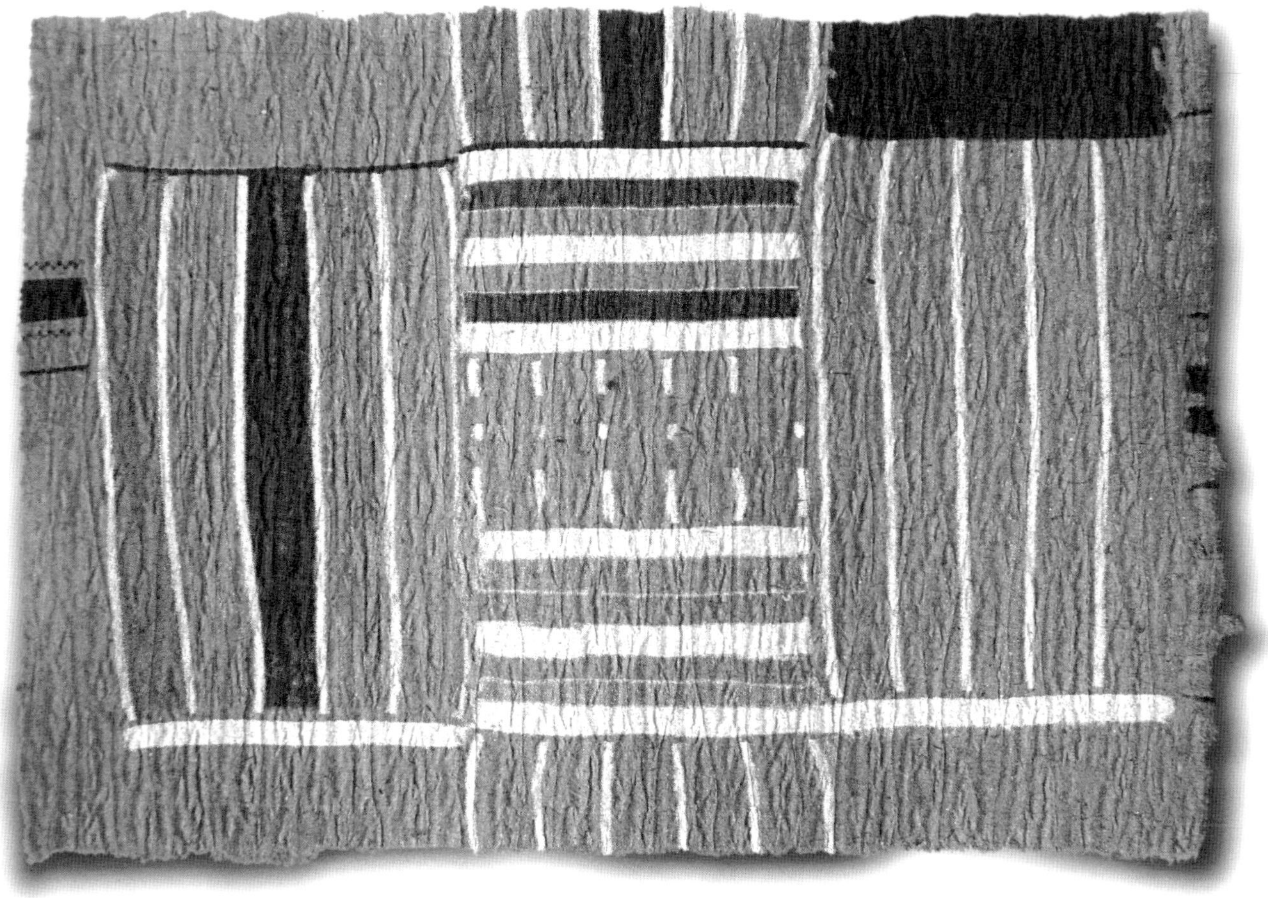

WENN MAN IM LEBEN NICHT GUT AUFPASST, STIRBT MAN FRÜH.

WER SEINEN HUND LIEBT,
MUSS **AUCH** SEINE FLÖHE
LIEBEN.

MAN BRAUCHT EIN GANZES DORF,
UM EIN KIND ZU ERZIEHEN.

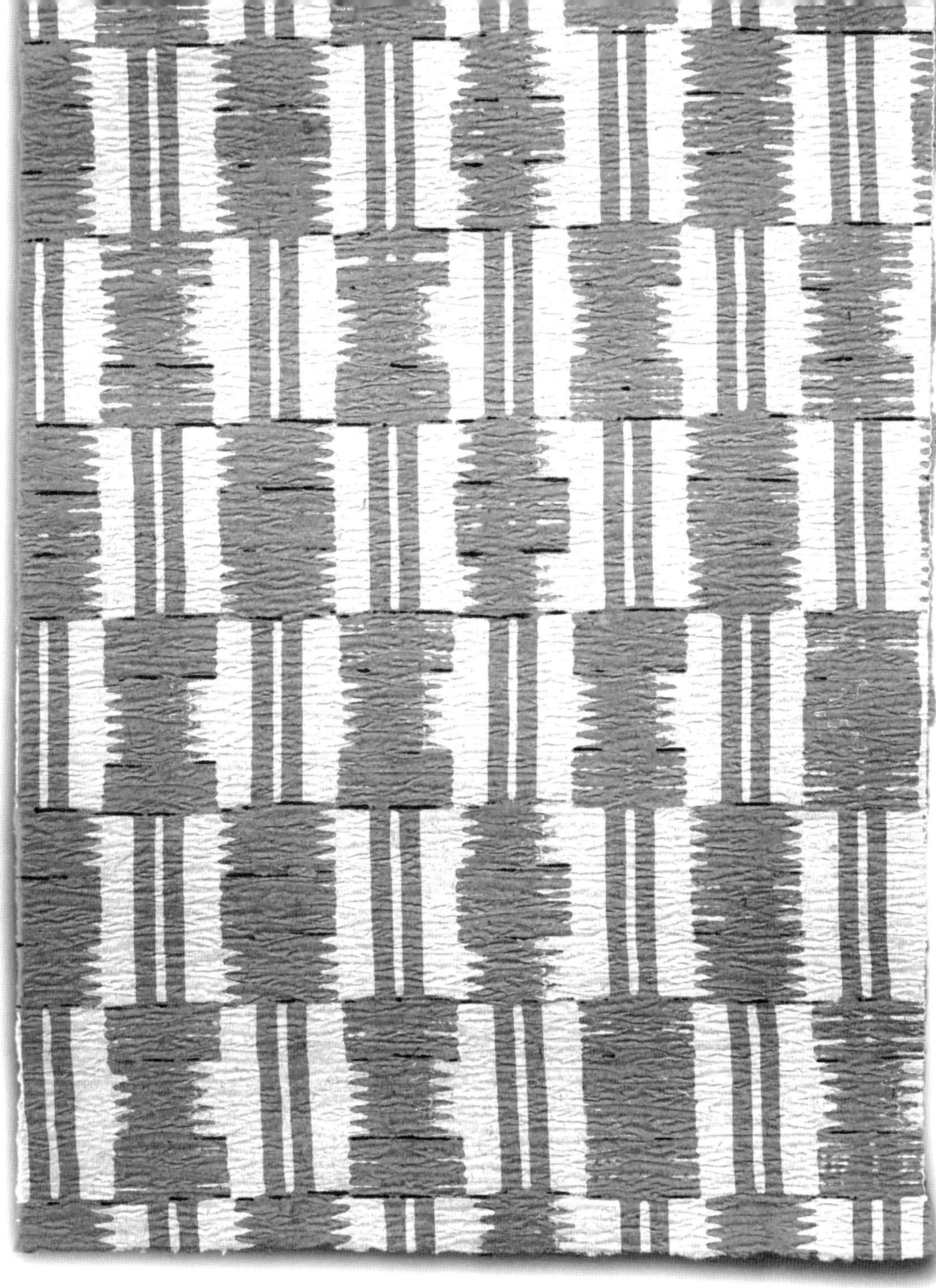

WER KEINEN ESEL FINDET, MUSS SELBER SÄCKE TRAGEN.

Wenn das Ohr des Esels juckt, juckt auch sein Fell

Es lebte einmal ein König namens Hakunata Masamba. Er war sehr reich. In seinem riesigen Palast befanden sich nicht nur Diener und Untertanen, sondern auch Löwen, Tiger, Elefanten, Esel und Pferde. Im Hof des Palastes lebten alle diese Tiere zusammen. Eine einzige Sorge hatte König Hakunata Masamba: Er wünschte sich so sehr ein Mädchen, aber er hatte nur lauter Buben.

„Obwohl ich fünfundzwanzig Kinder habe, fehlt mir noch ein Mädchen", machte er sich immer Sorgen. Also, er beschloss, den Medizinmann mit dem langen Namen Schokolokobangmoschee in seinen Palast einzuladen, damit dieser etwas täte, dass seine Frau endlich ein Mädchen bekäme. Er rief einen seiner Diener und sagte: „Okondele, bis ich morgen in der Früh mein Gesicht fertig gewaschen habe, will ich den Medizinmann Schokolokobangmoschee in meiner Kurkammer haben."

Der Diener tat, wie ihm geheißen war, und in der Früh stand der Medizinmann in der Kurkammer und wartete auf den König. Tatsächlich kam der König und verlangte: „Gib mir Medizin, damit meine Frau ein Mädchen bekommt. Ich habe in meinem Palast lauter Buben, und das bereitet mir viele Sorgen." Nach langen Überlegungen sagte der Medizinmann: „Ich kann Ihnen keine Medizin geben, nur einen Rat: beim Schlafen bitte nicht nur auf einem Ohr liegen, sondern abwechseln – einmal auf diesem und dann auch auf dem anderen Ohr. Darf ich mich zurückziehen, bis ich eine gute Nachricht gehört habe?" Der König bedankte sich für den Rat und ließ ihn gehen.

Nach zwei Jahren gebar seine Frau ein wunderschönes Mädchen. Es war so schön, dass man es nicht zwei Mal anschauen konnte. Nun war der König sehr glücklich: „Ein Haus ohne eine Frau ist ein leeres Haus", sagte er zu sich und umarmte seine Frau. Im Hof spielte das kleine Mädchen immer zusammen mit den Tieren. Das war sein Hobby.

Das Pferd sagte zu den anderen Tieren: „Ich beobachte immer, wie der Esel nach dem Essen ganz gefährlich herumspringt. Er soll aufpassen, dass er nicht so viel Blödsinn macht, denn wenn das Ohr des Esels juckt, juckt auch sein Fell." Der Löwe sagte: „Mich geht es nichts an! Wenn der Esel etwas anstellt, wird nur er bestraft." Der Elefant meinte: „Mir geht es genauso! Warum soll ich bestraft werden? Ich bin immer ganz ruhig in meinem Gehege, und ich denke, nur der Beschuldigte muss bestraft werden. Also, der Esel kann machen, was er will. Und noch eines: Jeder ist für sein Leben verantwortlich!", bekräftigte der Elefant seine Meinung. Der Tiger meinte: „Was sein muss, muss sein, und deswegen glaube ich, jeder soll machen, was er will." Das Pferd war sehr traurig über das, was die anderen Tiere geäußert hatten. Aber es fand es wichtig, jetzt gleich etwas zu sagen statt später.

Eines Tages, nachdem die Tiere Futter bekommen hatten, waren alle sehr glücklich und legten sich gemütlich aufeinander: die Schlange auf den Löwen, das Pferd auf den Elefanten, der Affe auf den Tiger. Nur der Esel hüpfte herum und strampelte mit den Beinen hin und her. Gerade in diesem Moment kam die Königstochter in den Hof, um mit den Tieren zu spielen. Das Bein des Esels traf das Knie des Mädchens. Die Prinzessin fing an zu weinen, so laut, dass es der König hörte. Das Knie war blutüberströmt. Der König war entsetzt über das, was er sehen musste, und befahl seinem Reiter, das Pferd zu nehmen und das Mädchen so schnell wie möglich zum Medizinmann zu bringen.

Schokolokobangmoschee wohnte fünfzig Kilometer vom Palast entfernt. Das Pferd rannte und rannte, bis sein Speichel fast wie Schlagsahne wurde. Nachdem sie angekommen waren, behandelte der Medizinmann das Mädchen und schickte schöne Grüße an den König. Als das Pferd das Mädchen nach Hause zurückbrachte, war es völlig außer Atem. Der König befahl: „Ab heute darf der Esel nicht mehr im Hof bleiben, er wird als Arbeitstier benützt. Und weil die anderen großen Tiere keine Ordnung in den Hof gebracht haben, bekommen sie nur mehr eine Mahlzeit pro Tag." Nur das Pferd wurde verschont, weil es das Leben der Prinzessin gerettet hatte. Das Pferd war sehr glücklich, aber auch traurig. Ganz laut sagte es: „Wenn das Ohr des Esels juckt, juckt auch sein Fell."

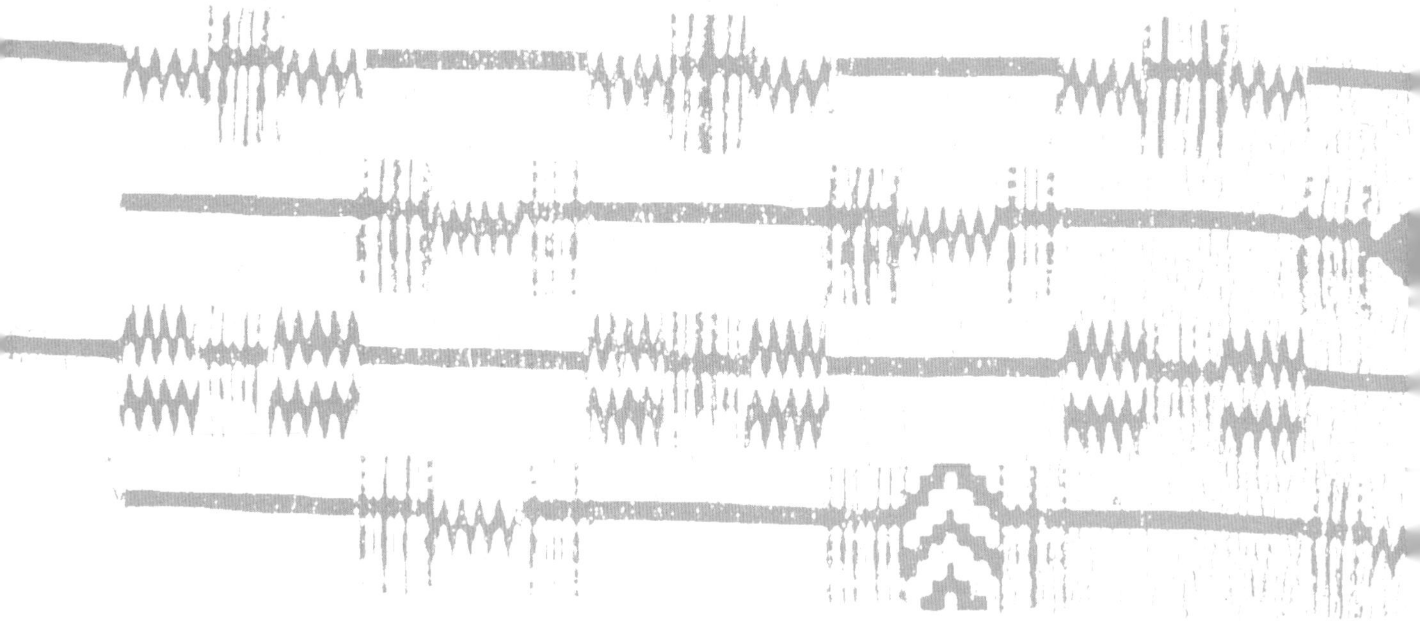

EIN KIND, DAS SEINE HÄNDE SAUBER WASCHEN KANN, DARF MIT ALLEN KÖNIGEN AUS EINEM TOPF ESSEN.

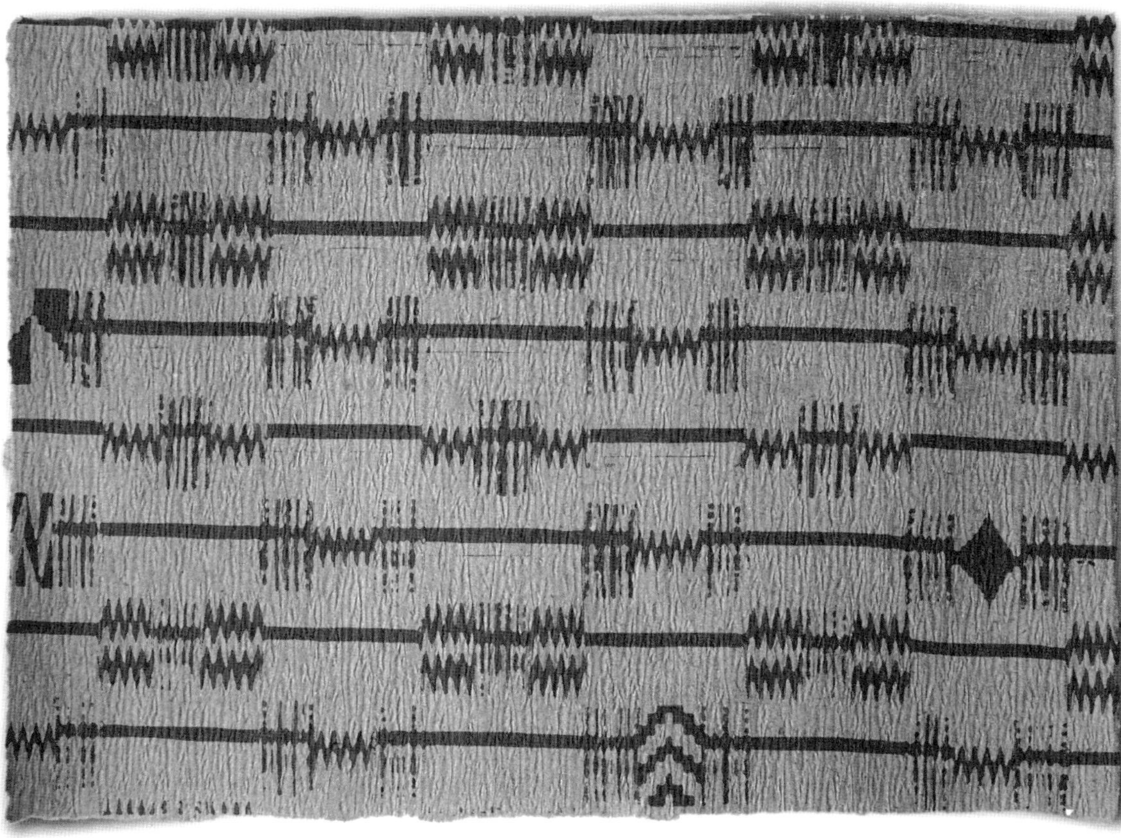

DER MUND STINKT ZWAR IN DER FRÜH EIN BISSCHEN, ABER DAFÜR SPRICHT AUS IHM VIEL WEISHEIT.

EIN KOPF ALLEIN
GEHT NICHT ZUR BERATUNG.

DAS HUHN WEISS, DASS DER TAG ANBRICHT, LÄSST JEDOCH DEN HAHN SCHREIEN.

DAS PFERD
MAG VERRÜCKT SEIN,
DER REITER ABER NOCH LANGE NICHT.

WENN ELEFANTEN TANZEN, LEIDET DAS GRAS.

Afrikanische Tänze

Die Grundbewegungen in traditionellen afrikanischen Tänzen können einfach oder kompliziert sein. Der Dea-Tanz der Frafra in Ghana ist verglichen mit anderen Frafra-Tänzen ein relativ langsamer Tanz. Er setzt sich aus aneinandergereihten einfachen Bewegungen zusammen.

Jeder Tänzer wickelt eine Anzahl kleiner Rasseln um den rechten Fußknöchel und hält ein Schwert in der rechten Hand. Während die Tänzer singen, stampfen sie zur schweren Schlagzeit der Musik mit dem rechten Fuß auf den Boden. Mit dem linken Fuß machen sie zur leichten Schlagzeit einen kurzen, leichten Schritt vorwärts. Der Körper ist leicht nach rechts geneigt, wenn der Fuß aufstampft, und wird dann zur leichten Schlagzeit nach links gewiegt. Die Tänzer blicken geradeaus, sie tanzen „zur Erde gewandt".

Im Gegensatz dazu stehen die Grundbewegungen der Akan-Tänze in Ghana. Hier haben wir eine komplizierte Form von Grundschritten bei scheinbar unabhängigen Bewegungen verschiedener Körperteile, die gleichzeitig mit Gebärden von Hand und Bein verbunden sein können. Während die Füße sich regelmäßig in Zweierschlägen bewegen, kann sich der Körper in gleichen oder kürzeren Zeiteinheiten seitwärts neigen, wobei die Hände oder Arme womöglich ein davon verschiedenes Zeitmaß artikulieren.

Statt den ganzen Rumpf in einem einfachen Rhythmus zu bewegen, wird in einigen Tänzen nur der obere oder untere Teil des Körpers in rhythmische Akzentuierung gebracht. Im Nyindogu-Tanz der Dagomba Ghanas werden vor allem die Bauchmuskeln benutzt. Die Lobi und Anlo-Ewe in Ghana bevorzugen dagegen die obere Körperhälfte. Die Schultern etwa können kreisend oder auf und ab bewegt werden, der Brustkorb kann gedehnt werden, und zwar synchron zu bestimmten Armbewegungen und zum Zusammenziehen und Entspannen der Schulterblätter.

Es gibt auch Tänze, wie die der Kalabari Nigerias, in denen die Hüften sehr raffiniert bewegt werden, Tänze auch mit vertrackter Fußarbeit wie der Seyalo-Tanz der Nguu in Tansania oder der Akom-Tanz der Aschanti und Ga, sowie Tänze mit fast übertriebenen Beinbewegungen und angehobenen Knien, wie etwa der Yongo-Tanz der Builsa und Kassena-Nankani in Ghana.

Damit verbunden sind auffallende Bewegungen, die nur zu einem ganz bestimmten Zeitpunkt oder in wiederholten Folgen ausführbar sind, und sie können in bestimmten Tänzen entweder charakteristische Teile der Grundbewegungen sein oder auch mimische Elemente. Dazu wird das Schütteln (typisch für Tänze, in denen man die Körper- und Armmuskeln spielen lässt), Stampfen, Bücken oder Kauern, Springen, Aufrichten oder Hinstürzen gerechnet.

Die Haltung, die man in diesen Tänzen einnimmt, ist direkt bezogen auf die Art und Weise, wie man den Körper einsetzt und bewegt. Bestimmte Bewegungen sind leichter in einer Stellung auszuführen, bei der der Rücken etwas gekrümmt ist mit ein wenig geknickten Knien und lockerer Armhaltung, als in starrer aufrechter Haltung.

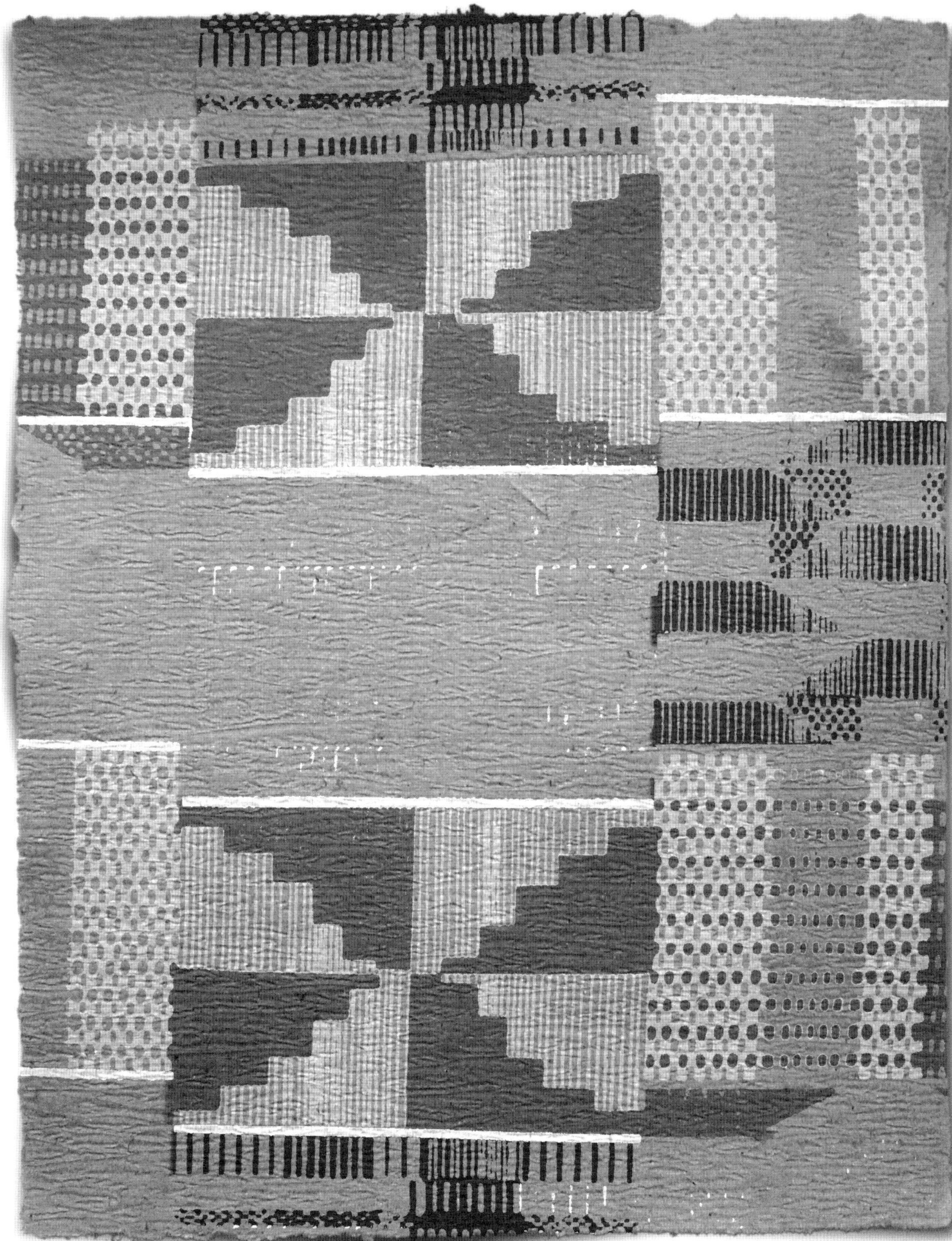

ANTILOPEN LAUFEN IMMER ZU ZWEIT, DAMIT SIE SICH GEGENSEITIG DEN DRECK AUS DEN AUGEN WISCHEN KÖNNEN.

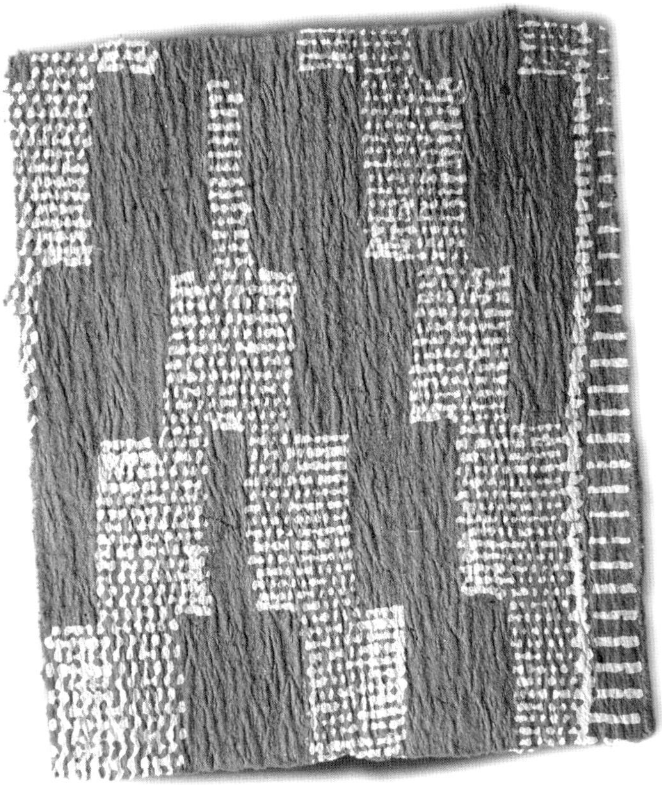

WAS SCHNELL KOMMT,
VERSCHWINDET AUCH SCHNELL.

WENN WÜNSCHE PFERDE WÄREN, WÜRDEN ALLE BETTLER GANZ GEMÜTLICH REITEN.

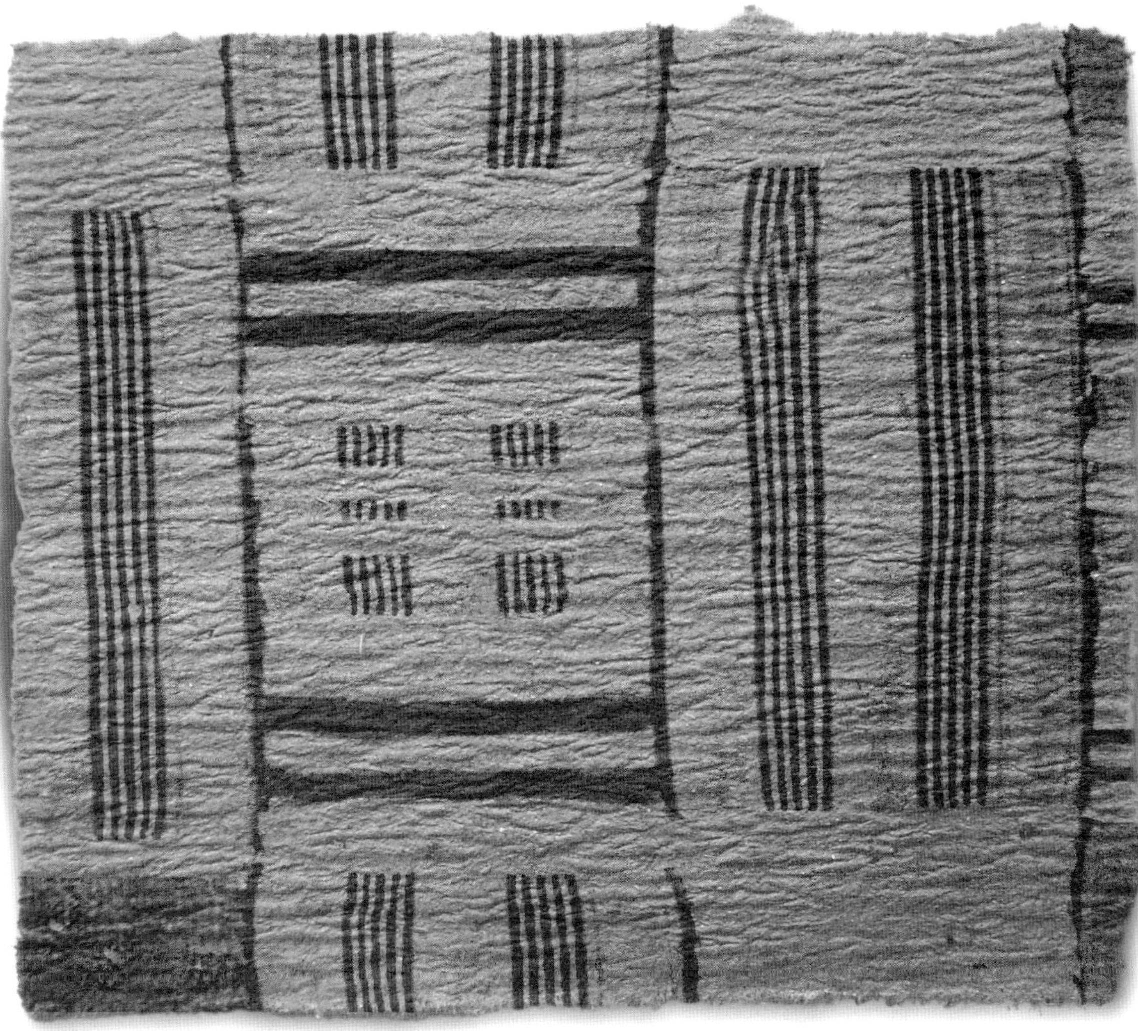

WER GERADE AUS DEM FLUSS GERETTET IST, **DESSEN MUND** TROCKNET SCHNELLER ALS ALLES ANDERE.

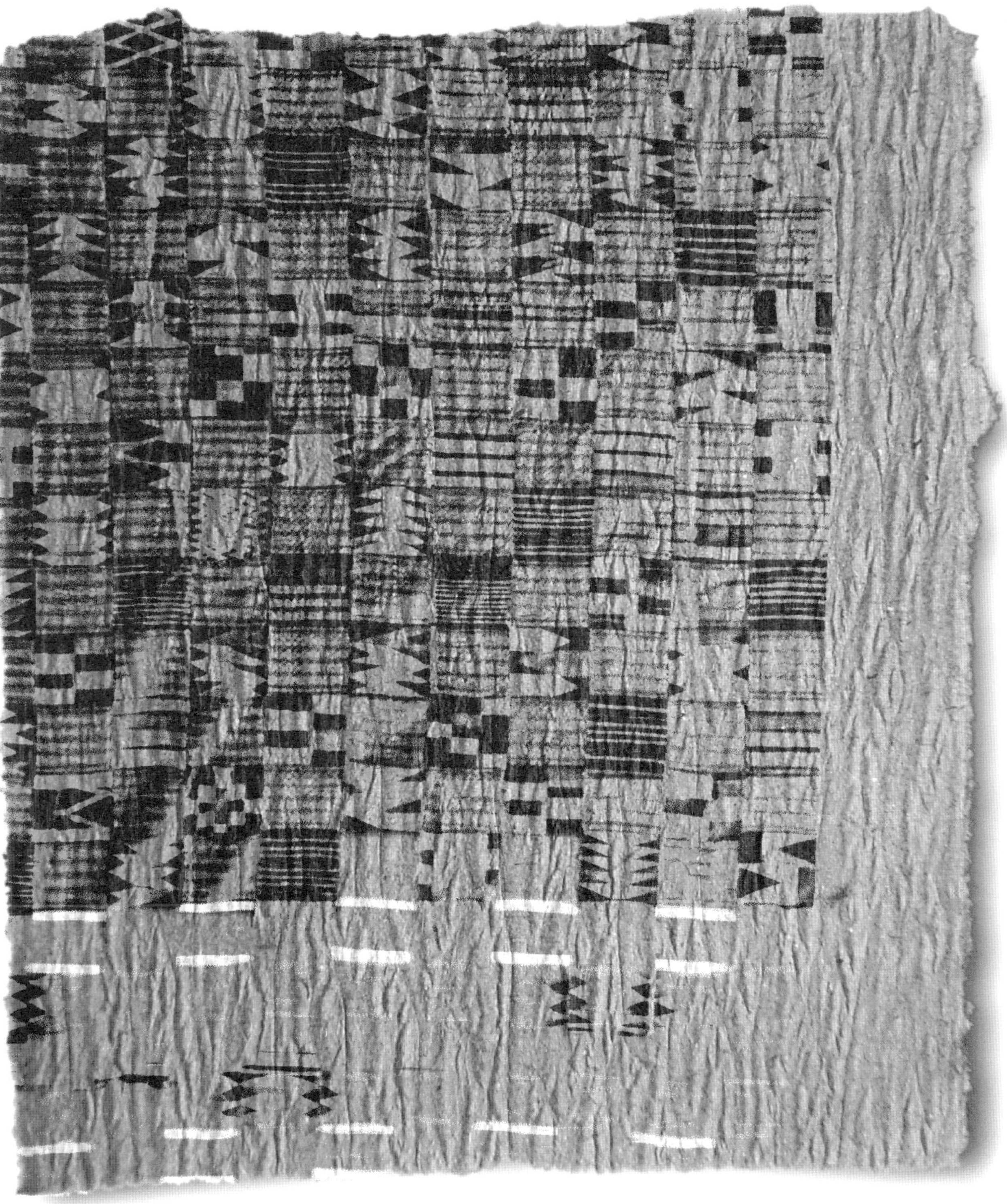

SANKOFA:
AUS DER VERGANGENHEIT LERNEN.

"DAS KLAVIER HAT ZWEI FARBEN, SCHWARZ UND WEISS – WENN MAN NUR AUF SCHWARZ SPIELT, KLINGT ES GUT, UND WENN MAN NUR AUF WEISS SPIELT, KLINGT ES AUCH GUT. ABER DIE SCHÖNSTE MELODIE KOMMT HERAUS, WENN MAN SCHWARZE UND WEISSE NOTEN KOMBINIERT."

James Emman Kwegyir Aggrey

James Emman Kwegyir Aggrey

James Emman Kwegyir Aggrey wurde am 18. Oktober 1875 in Anomabu (Ghana) geboren und starb am 30. Juli 1927 in Harlem, New York City. Er war Intellektueller und Missionar. Im Alter von beinahe acht Jahren wurde er in einer Gemeinde in der Goldküste, dem heutigen Ghana, getauft und nahm seinen christlichen Vornamen James an. Er ging in eine Methodistenschule, in der er, folgt man einigen Quellen, bereits den Lehrern als außergewöhnlich aufgefallen ist. Schon in dieser Zeit erhielt er Unterricht in Griechisch und Latein.

Im Jahr 1898, im Alter von 23 Jahren, wurde er aufgrund seiner Bildung ausgewählt, in den Vereinigten Staaten zum Missionar ausgebildet zu werden. Am 10. Juli 1898 stimmte Aggrey zu und verließ die Goldküste in Richtung USA. Er siedelte sich in North Carolina an und besuchte das Livingstone College. Seine Interessen an der Universität waren vielfältig und umfassten beispielsweise Chemie, Physik, Logik, Wirtschaft und Politik.

Im Mai 1902 beendete er die Universität mit einer Promotion und erlangte drei akademische Preise. Aggrey war sehr sprachbegabt. Neben Englisch, Französisch und Deutsch soll er altes und modernes Griechisch sowie Latein gesprochen haben. Im November 1903 wurde er in Salisbury zum Pastor der African Methodist Episcopal Zion Church ernannt. 1905 heiratete er Rose Douglas, mit der er vier Kinder hatte. Im gleichen Jahr fing er an, am Livingstone College zu lehren.

Im Jahr 1912 wurde ihm der Doktortitel in Theologie verliehen, im Jahr 1914 folgte ein Doktortitel in Osteopathie. Im gleichen Jahr übernahm er eine Anstellung in einer kleinen Gemeinde in North Carolina. Aggrey nahm zwischen 1915 und 1917 weitere Studien an der Columbia-Universität auf. Dort interessierte sich Aggrey für Soziologie, Psychologie und die japanische Sprache.

Im Jahr 1920 wurde ihm von Paul Monroe angeboten, einer Forschungsexpedition nach Afrika beizuwohnen, die aufklären sollte, welche Maßnahmen zur Verbesserung der Bildung in Afrika notwendig seien. Aggrey nahm dieses Angebot an und besuchte in Afrika zehn Länder, in denen er Daten über die Bildung sammelte und aufbereitete. Im Jahr 1920 wurden Sierra Leone, Liberia, die Goldküste, Kamerun und Nigeria besucht. Im Jahr 1921 folgten unter anderem Belgisch-Kongo, Angola und Südafrika. Während dieser Reise soll Aggrey auf einige spätere Persönlichkeiten nicht unerheblichen Eindruck gemacht haben und ihnen die Relevanz der Bildung deutlich gemacht haben. Dazu zählen neben dem jungen Hastings Kamuzu Banda, der später in Malawi Präsident wurde, der junge Nnamdi Azikiwe, der zum ersten Staatspräsidenten Nigerias gewählt wurde, und Dr. Kwame Nkrumah, der erste Präsident des unabhängigen Staates Ghana.

Im Jahr 1924 wurde Aggrey durch den Gouverneur der Kronkolonie Goldküste, Sir Frederick Gorden Guggisberg, zum Leiter des Achimota College in Accra berufen und nahm diese Stellung an. Er siedelte mit seiner Frau nach Achimota, nördlich von Accra, in die damalige Goldküste um. Im Mai des Jahres 1927 kehrte er in seine Wahlheimat USA zurück, wurde jedoch bereits im Juli 1927 in ein Krankenhaus gebracht. Am 30. Juli 1927 verstarb er im Krankenhaus in Harlem.

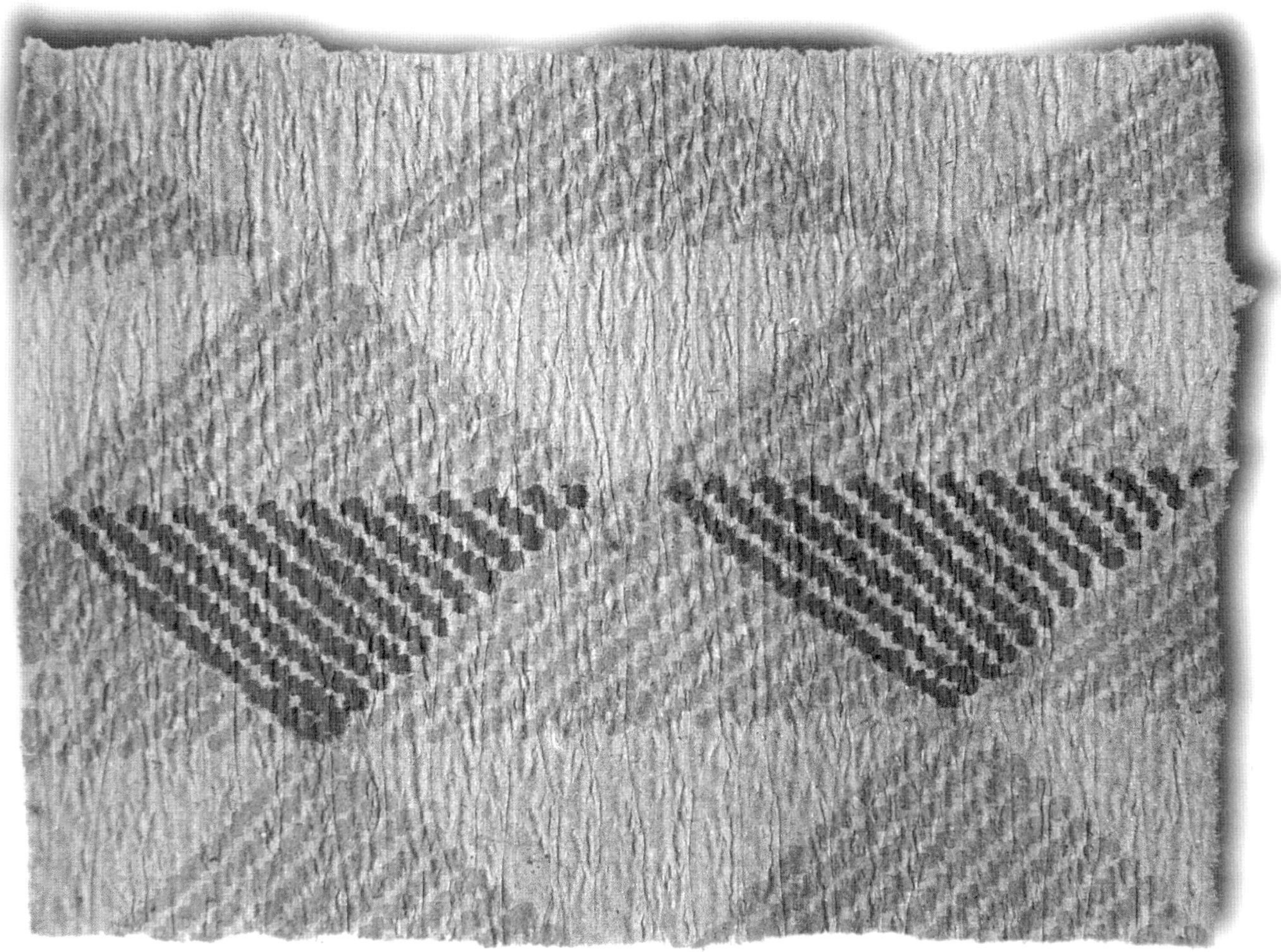

OHNE DEN DAUMEN KANN MAN KEINEN KNOTEN MACHEN.

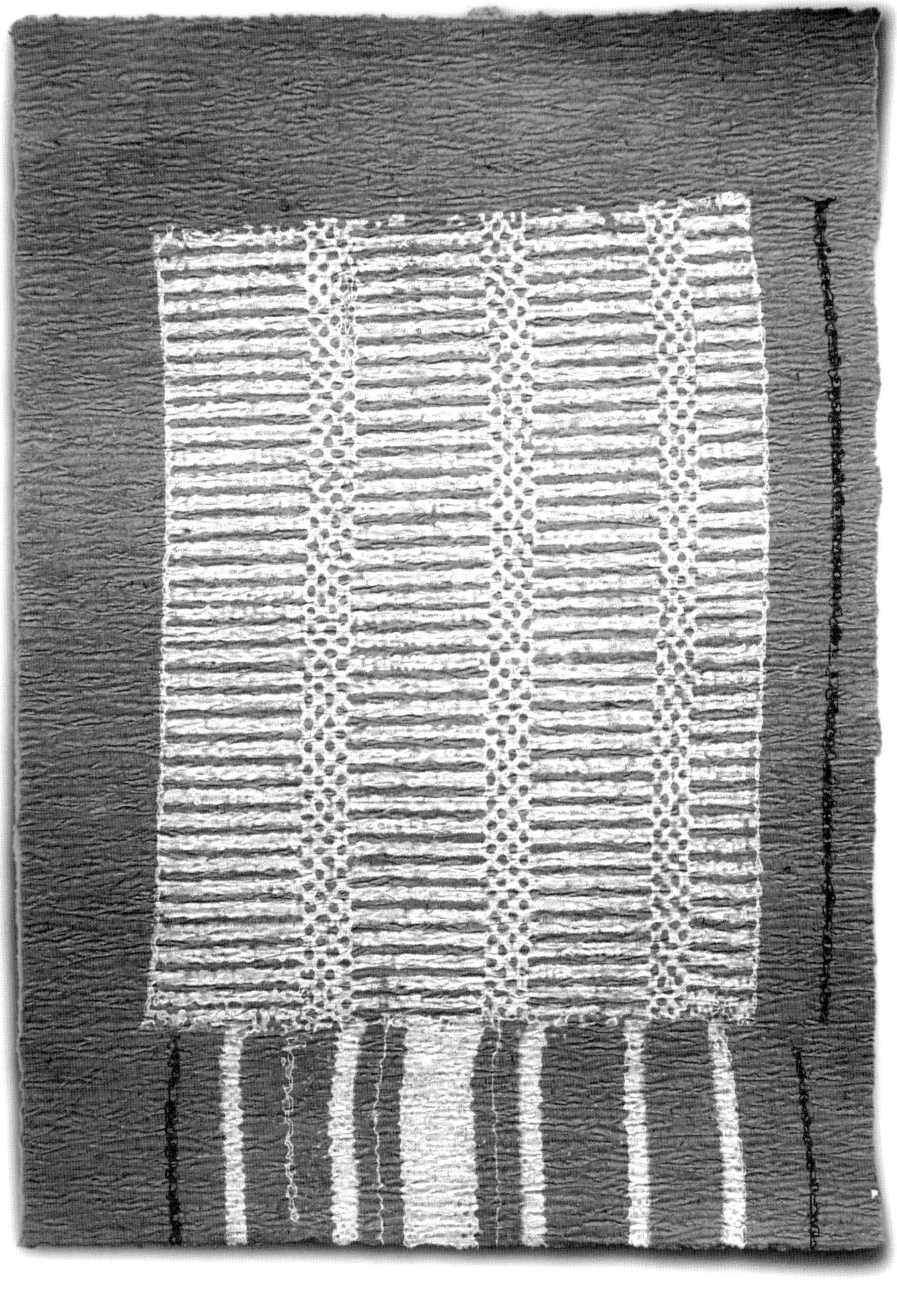

WENN **JEDE** MEINUNG ZÄHLT,
DAUERT DAS SPIEL LÄNGER.

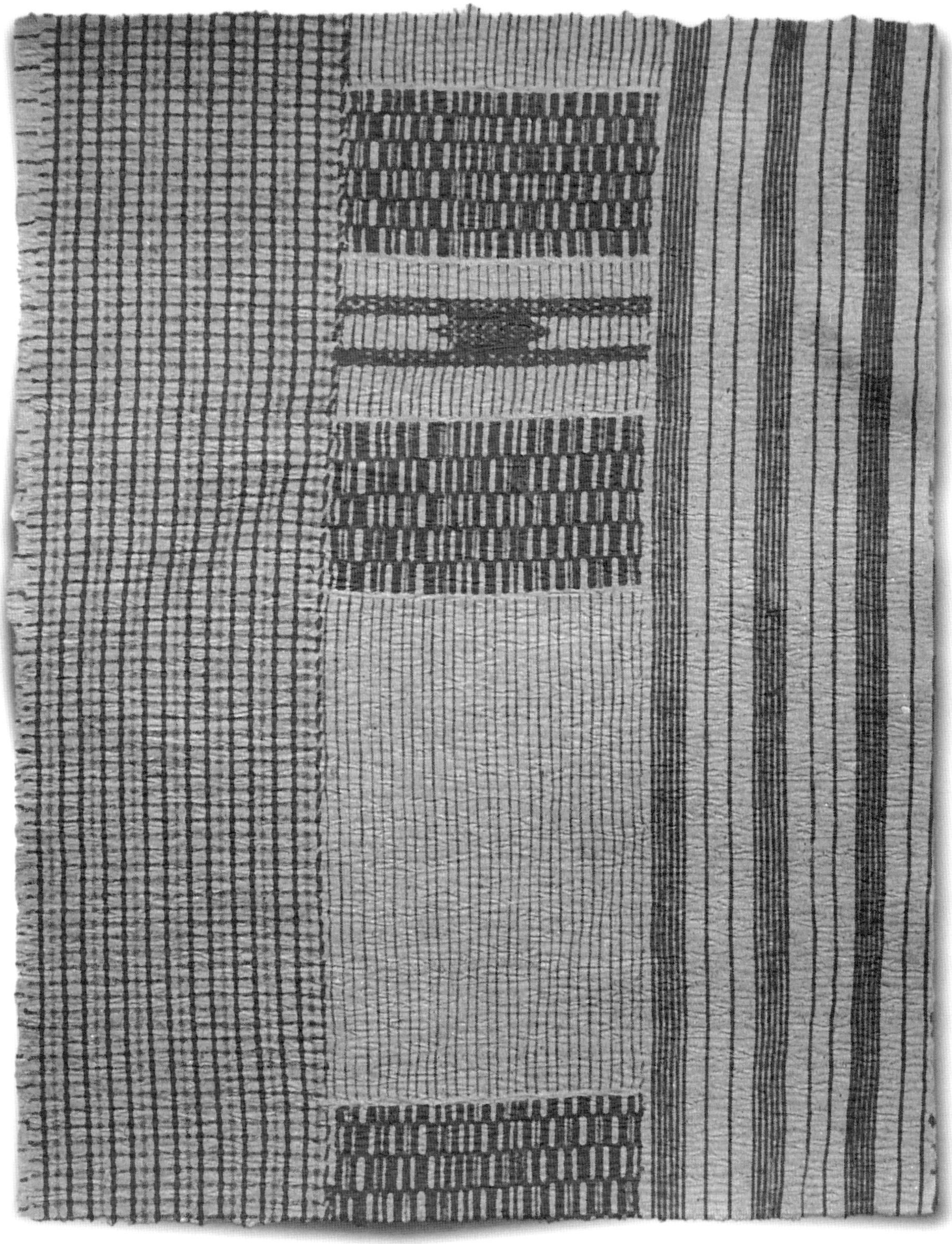

WENN DIE DUNKELHEIT
HEREINBRICHT, HAT MAN AUCH
WENIG ZU SAGEN.

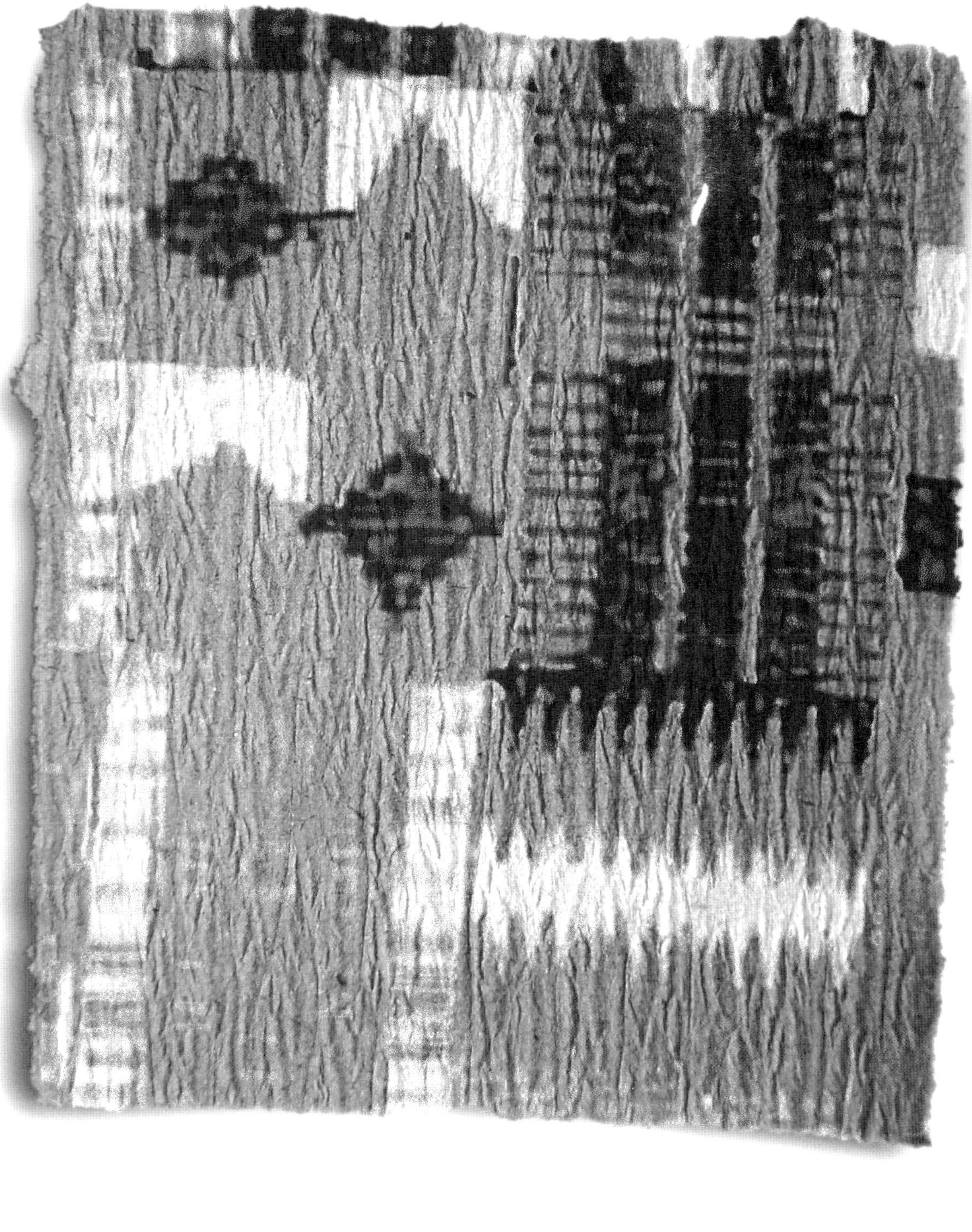

WENN DER LÖWE KEIN TIER ZUM FRESSEN HAT, DANN FRISST ER PFLÄNZCHEN.

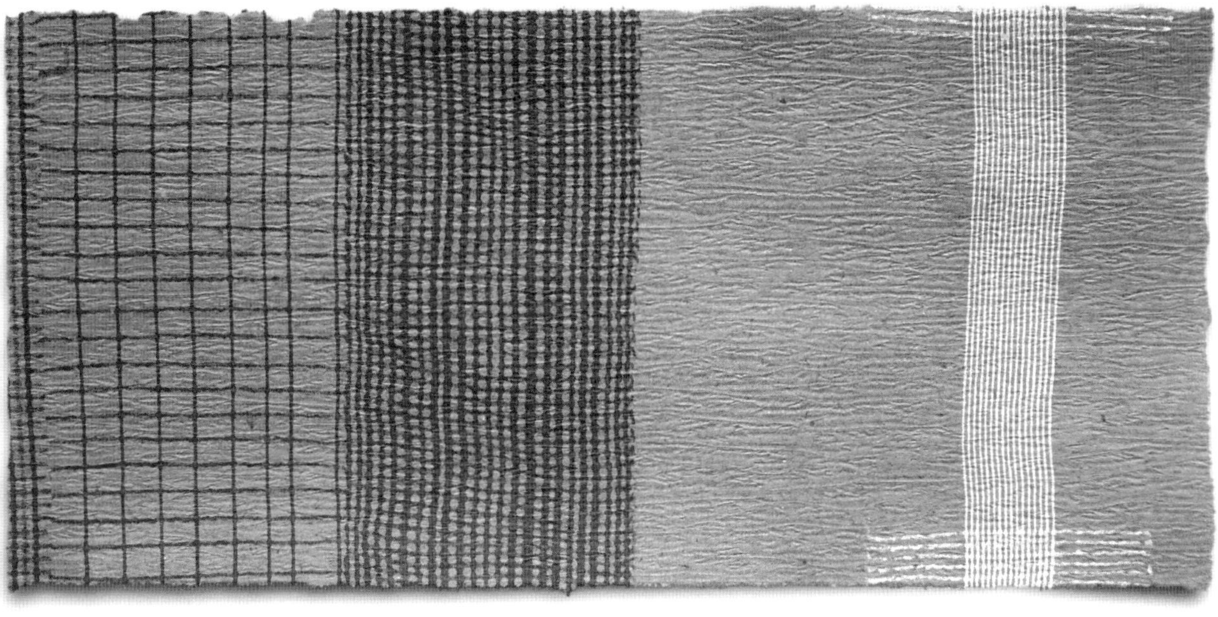

„HÄTTE ICH GEWUSST"
KOMMT IMMER ZU SPÄT.

WER SICH FÜR **SEHR ZIVILISIERT** HÄLT, DER SAGT SOGAR **DER ZIEGE** GUTEN TAG.

Der goldene Stuhl Sikadwa Kofi

Einst lebte ein sehr einflussreicher Priester namens Okomfo Anokye. Er war der persönliche Berater des mächtigen Aschanti-Königs Osei Tutu, Häuptling von Kumasi. Osei Tutu hatte auf Anraten von Okomfo Anokye an zwei verschiedenen Orten Zweige des Kumbaumes einpflanzen lassen. Und an dem Platz, wo die Zweige zu blühen begannen, wurde die Stadt Kumasi gebaut.

Okomfo Anokye beeinflusste nicht nur die politischen Entscheidungen, er hatte auch speziellen Zugang zu den Göttern und Geistern. Er kannte die Geheimnisse der Magie, und man erzählte sich, dass er sogar gegen die Schüsse der Feuerwaffen immun sei.

Einmal trafen sich angesehene Fürsten und Stammeshäuptlinge mit Osei Tutu, um den Zusammenschluss der einzelnen Stämme zu einem Reich zu diskutieren. Auch Okomfo Anokye war anwesend und betete. Doch an diesem Tag geschah etwas Besonderes. Mit seinen Gebeten, durch die Anrufung des Himmels, ließ der Priester einen goldenen Stuhl in einer Wolke herabgleiten, direkt vor die Füße von Osei Tutu. Dieses Zeichen brachte den einmütigen Zusammenschluss der Völker, und von nun an war Osei Tutu der König des mächtigen neuen Aschanti-Reiches.

Der goldene Stuhl, ein Heiligtum, eine besondere Gnade des Himmels, beinhaltet die gesamte Seele der Nation. Später kämpften die Briten viele Jahre gegen die Aschanti. Sie hatten von diesem Stuhl, der aus purem Gold sein sollte, gehört und wollten ihn unbedingt haben. Die Aschanti wussten das und ließen daher eine Kopie anfertigen. Nach einem weiteren Kampf hatten die Briten den goldenen Stuhl entdeckt und mitgenommen, aber es war der falsche. Den richtigen hatten die Aschanti bereits in Sicherheit gebracht. Der falsche goldene Stuhl steht heute in einem britischen Museum, der echte goldene, der Erste und Einzige seiner Art, ist im königlichen Aschanti-Palast in Kumasi zu besichtigen.

EIN VOGEL IST **ERST DANN** WERTVOLL, WENN ER AUS DER HAND WEGGEFLOGEN IST.

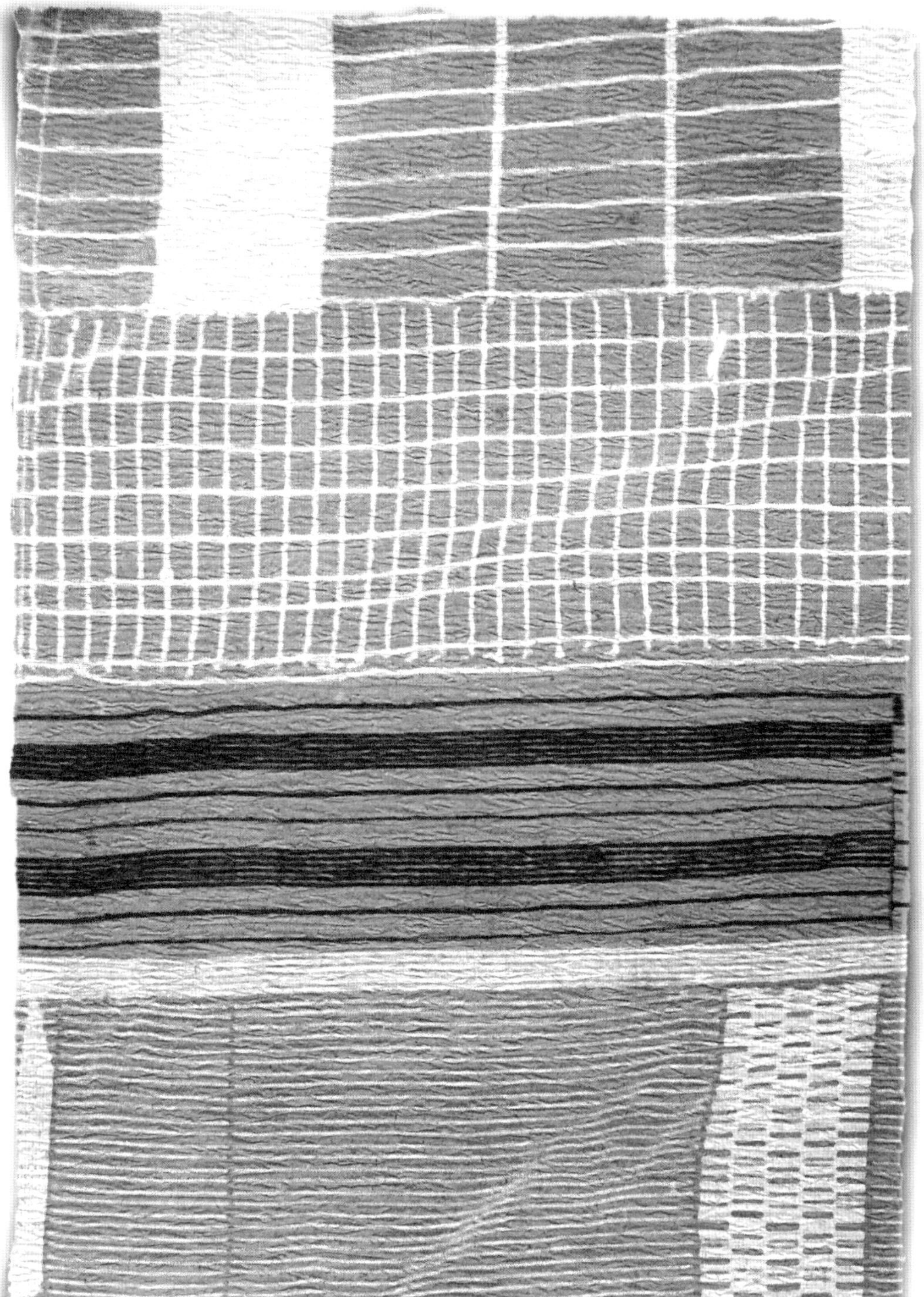

DAS GLÜCK TRITT GERNE IN EIN HAUS EIN, WO **GUTE LAUNE** HERRSCHT.

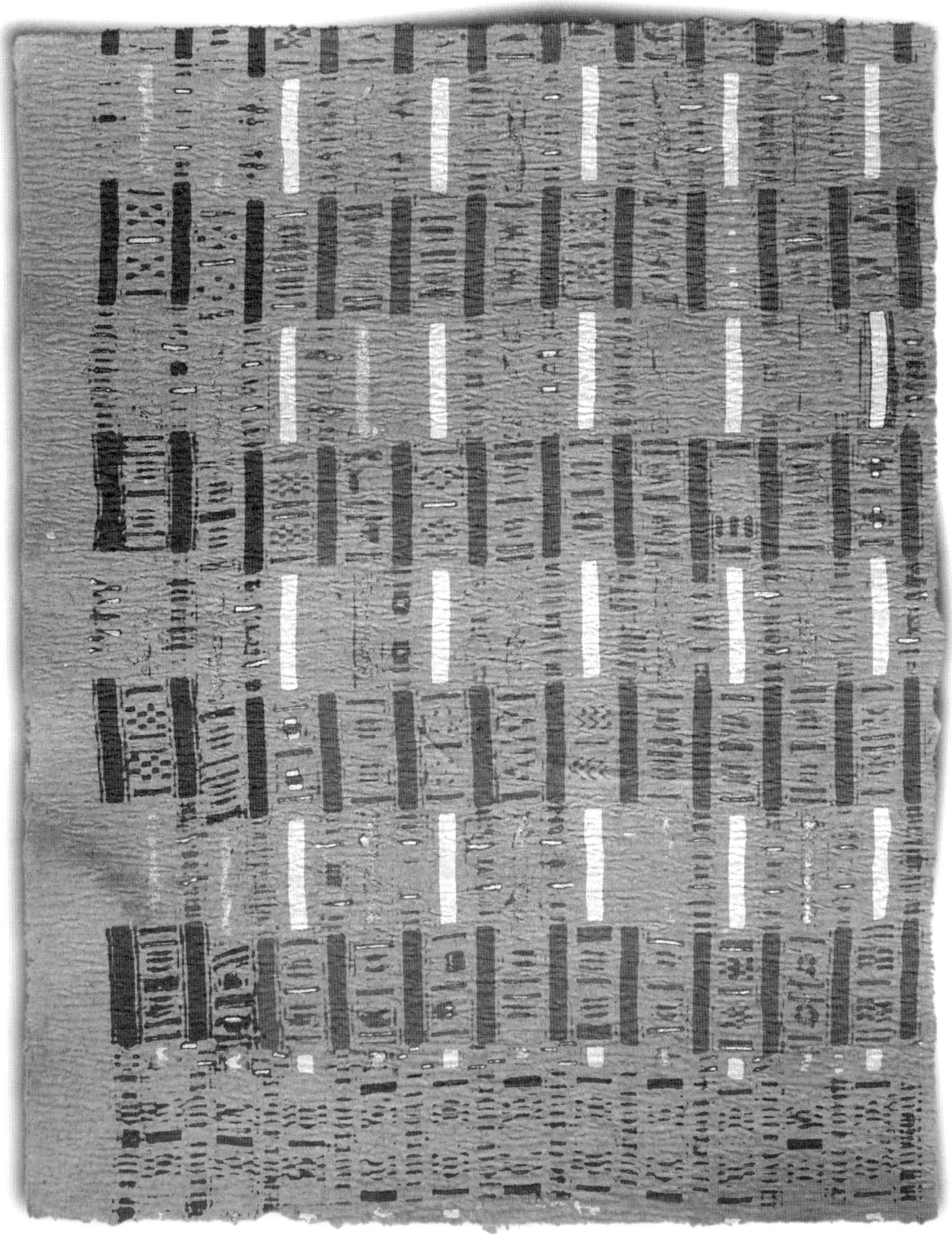

WENN EIN ALTER KÖNIG MIT NEUNZIG JAHREN STIRBT UND EIN NEUER KÖNIG **IM GLEICHEN ALTER** EINGESETZT WIRD, GIBT ES NICHTS ZU FEIERN – **ES IST NUR DIE VERLÄNGERUNG DER BEGRÄBNISZEREMONIE.**

WENN DU SCHNELL VORWÄRTS KOMMEN WILLST, DANN GEHE ALLEIN. WENN DU WEIT GEHEN WILLST, DANN GEHE MIT ANDEREN.

DU WEISST NICHT,
WIE SCHWER DIE LAST IST,
DIE DU **NICHT TRÄGST.**

NIEMAND ZEIGT EINEM KIND,
WO GOTT WOHNT.

Warum Gott nicht mehr ganz nah bei den Menschen ist

Vor langer, langer Zeit lebten die Menschen ganz friedlich mit dem Mächtigen Gott zusammen. Jeder Mensch konnte mit Gott sprechen und sogar nach ihm greifen. Also, es war ein schönes harmonisches Zusammenleben zwischen den Menschen und dem mächtigen lebendigen Gott. Der Himmel war so nah bei den Menschen, dass man sogar mit den Himmelswolken spielen konnte.

Eine alte Frau namens Musu hat eines Tages Fufu gestampft. Der Holzstock, den sie beim Stampfen benutzt hat, ist immer wieder an den Kopf des mächtigen Gottes gestoßen. Gott konnte deswegen nicht weiterschlafen. Er wachte auf und sagte der Frau, dass er noch schlafen wolle. Frau Musu hörte zu stampfen auf und entschuldigte sich bei Gott.

Aber nach dreißig Minuten denkt Frau Musu, dass der liebe Gott nun tief eingeschlafen sei. So will sie das Essen fertig machen, weil sie großen Hunger hat. Sie hebt den Holzstock vorsichtig hoch und fängt wieder an, Fufu zu stampfen. Beim dritten Versuch berührt der Holzstock erneut den Hinterkopf des wachsamen Gottes. Damals hat Gott sich entschieden, ganz hoch in den Himmel zu ziehen, damit die Menschen seine Ruhepause nicht stören können.

OKU

Kindheit und Pubertät

Die Kindheit bei den Aschanti unterscheidet sich nicht maßgeblich von der Kindheit anderer ethnischer Gruppen in Ghana. Im Durchschnitt werden die Kinder bis zu einem Alter von eineinhalb bis zwei Jahren gestillt. Die meiste Zeit verbringen sie auf dem Rücken ihrer Mütter, oder sie werden von ihren älteren Geschwistern betreut. Die Tatsache begründet sich in der ökonomischen Tätigkeit der Frauen, weil viele noch arbeiten müssen. Die Kinder beginnen mit sechs Jahren mit der Schule. Andererseits werden sie vermehrt in die Aufgaben des Haushalts und Handels mit einbezogen. Mit beginnender Pubertät im Alter von ungefähr zwölf Jahren können die Mädchen in der Regel schon einen Haushalt führen, und beide Geschlechter können im Handel und beim Feldanbau mithelfen.

Für die Jungen gibt es bei den Aschanti keine formellen Zeremonien, die meisten werden bei den Mädchen gemacht. Bei den traditionellen Aschanti werden die Jungen nach der Geburt beschnitten. Die unbeschnittenen Jungen werden immer ausgelacht. Beschneidung bei den Mädchen ist in der Aschanti-Gesellschaft nicht bekannt.

Pubertätsritus: Bragoro

Die Mädchen werden nach ihrer ersten Menstruation von der Königmutter auf eine eventuelle Schwangerschaft hin untersucht. Diese Untersuchung erfolgt in einer informellen Atmosphäre. Wird eine Schwangerschaft festgestellt, auch innerhalb der folgenden drei Monate, so kommt es zu Sanktionen. In der Vergangenheit wurde das Mädchen für ein paar Jahre aus dem Dorf verbannt. Diese Strafe soll die anderen Mädchen erschrecken, um Sex vor der Heirat zu vermeiden. Im Jahr vor dem Initiationsritus soll eine Schwangerschaft vermieden werden.

Wenn alles passt, wird das Mädchen in einem Fluss gebadet, vom Kopf bis zum Fuß. Und dann werden die Götter gebeten, sie zu beschützen. Das Mädchen erhält je nach finanzieller Situation der Familie Eier und Hühnchen zu essen, als symbolisches Zeichen für die Fruchtbarkeit. Aufklärungsarbeit und Ermahnungen werden in der Regel von der Mutter erteilt. Dieser Pubertätsritus konnte früher unerwünschte Schwangerschaften vermeiden, weil er sehr streng praktiziert wurde. Die jetzige Situation schaut anders aus; das Ritual wird nicht mehr oft durchgeführt.

Dipo: Pubertätsritus der Krobos

Die Dipo-Pubertätsriten der Krobo-Volkes aus Ghana gehören zu den wichtigsten Ereignissen im Leben einer Frau und führen die Mädchen in ihren Status als Frau in die Gesellschaft ein. Die Dipo-Riten beginnen im vierten Monat des traditionellen Krobo-Kalenders. Ihr Beginn ist die Anrufung der Erdgöttin Nene Kloweki, die über die Einhaltung der Zeremonien wacht.

Die Zeremonien beinhalten das rituelle Anlegen spezieller Utensilien, wie einen Strick um den Bauch und Fasern um den Hals, sowie diverse Reinigungsrituale und ein gemeinsames Essen. Der Samstag beginnt mit einem rituellen Bad im Fluss und einem gemeinsamen Essen. Am Abend werden als Symbol des neuen Lebens und der neuen Rolle in der Gesellschaft die Haare geschoren, und der Kopf wird mit schwarzer Kohle eingefärbt.

Der Sonntag ist der Höhepunkt der Dipo-Riten. In der Nacht zum Sonntag wird eine Ziege geschlachtet und so hingelegt, dass das Blut um die Füße der Mädchen fließen kann, um diese erneut rituell zu reinigen. Am frühen Sonntagmorgen kleiden sich die Mädchen in ein weißes Tuch und bekommen einen langen Stab sowie einen kleinen Topf mit Ogogoro-Schnaps ausgehändigt. Anschließend werden sie in den Schrein der Nene Kloweki gebracht, wo die Priesterin den Ogogoro-Schnaps der Göttin opfert und die Mädchen feierlich in die Gemeinschaft der Krobo-Frauen aufnimmt. Die Mädchen werden erneut mit spezieller Kräutermischung gewaschen und erhalten so den Zugang zu den späteren Ritualen.

Die Mädchen werden zu dem heiligen Stein der Krobo gebracht. Während dieser Zeit ist es nicht erlaubt zu sprechen. Bis zu diesem Zeitpunkt nehmen sowohl Männer wie Frauen an den Dipo-Initiationsriten teil. Der letzte Teil der Riten ist jedoch eine reine Frauenangelegenheit, die Männer dürfen sie nicht sehen, sonst werden sie von der Göttin bestraft. Jedes Mädchen setzt sich drei Mal hintereinander auf den Heiligen Stein.

Danach müssen die Mädchen sieben Tage lang in einem speziellen Raum bleiben, und dort werden sie in Kultur und Religion der Krobo unterwiesen. Es ist die Aufgabe einer erfahrenen Frau im Dorf, diesen Unterricht zu geben. In dieser Zeit steht die Kultur des Krobo-Volkes ganz im Vordergrund. Nach diesen sieben Tagen der Isolation werden neun schmale Schnitte zwischen Daumen und Handgelenk sowie drei weitere auf der Hand der Mädchen angebracht, und die Mädchen werden mit Perlen aus speziellem Stein und Bändern geschmückt.

Die Narben auf den Händen zeigen an, dass ein Mädchen den Dipo-Initiationsritus erfolgreich abgeschlossen hat, indem es in der Kultur der Krobo unterrichtet wurde und nun ein vollwertiges, erwachsenes Mitglied der Krobo-Gesellschaft ist. Nach diesem Initiationsritual darf das Mädchen heiraten, wenn sich ein Mann meldet, der es liebt und den es liebt.

Traditionelle Hochzeit der Aschanti

Traditionell existieren bei den Aschanti Heiratsgebote und -verbote. Als Hauptverbot gilt die Blutsverwandtschaft bis zur fünften Generation der Familie. Weiterhin gilt ein Heiratsverbot innerhalb des Klans bis hin zur vierten Generation. Sanktionen für Verstöße gegen die Gebote sind Vertreibungen aus dem Klan oder Bestrafungen durch die Ahnen.

In der Vergangenheit war die bevorzugte Heiratsform die Kreuzcousinenheirat. Die matrilaterale Kreuzcousine erhält Vorrang, da die Familie von dieser Verbindung profitiert. Wenn bei den Aschanti ein Mann heiratet, geht sein Vermögen in die Familie seiner Frau über. Wenn er also seine Cousine heiratet, bleibt das Vermögen in der Familie. Die Stellung des Onkels kann dadurch zu der des Schwiegervaters ausgeweitet werden. Eine weitere Heiratsform ist das Levirat, hier darf der neue König die Frau des verstorbenen Königs heiraten.

Wenn die Großmutter des Mannes abgeklärt hat, dass es zur Familie der Braut keine Blutsverwandtschaft gibt, geht sie in der Früh mit einer Flasche Schnaps, die sie in ein Tuch eingewickelt hat, zur Familie der Frau und klopft an die Tür. Dieser Prozess heißt Kokobo oder Türklopfen. Der Vater des Mädchens empfängt die Großmutter. Man gibt zuerst dem Gast Wasser und fragt nach dem Grund seines Besuchs.

Die Großmutter informiert den Vater, dass ihr Enkelkind Interesse an seiner Tochter hat. Der Vater des Mädchens überlegt, was er über diese Familie weiß: gibt es eine bestimmte Krankheit, wurden Verbrechen verübt, hat die Familie ein gutes Ansehen? Wenn alles passt, dann begrüßt er die Nachricht, indem er seine Tochter fragt, ob sie den Mann, der Interesse zeigt, wirklich liebt. Wenn das Mädchen ja sagt, dann wird der Mann geholt. Die Großmutter überreicht dem Vater den Schnaps. Diese Zeremonie wird vor den Augen der ganzen Familie durchgeführt.

Der werdende Schwiegervater öffnet die Schnapsflasche, gießt mehrmals etwas Schnaps auf Mutter Erde und bittet die Ahnen um Schutz für die beiden. Danach sollen alle Anwesenden einen Schluck Schnaps trinken. Dadurch werden sie als Zeugen berufen, dass die beiden zusammenleben wollen. Nach dieser Zeremonie darf der Mann das Mädchen als Frau nehmen. Im manchen Fällen geben der Mann und weitere Mitglieder seiner Familie der Frau Geschenke. Anschließend wird traditionell gefeiert.

Scheidung

Scheidungen beruhen zumeist auf einem der folgenden vier Gründe: An erster Stelle stehen, entsprechend der engen Beziehung zur Familie, Spannungen zu den Verwandten der Matrilinie. Unfruchtbarkeit eines Ehepartners kann auch als Scheidungsgrund gelten. Weitere Gründe sind Untreue sowie Einfluss von Hexenkraft. Manchmal beenden Frauen nach ihrer reproduktiven Phase das eheliche Verhältnis.

Die Scheidung wird vollzogen, indem der Mann der Frau weißen Puder vor die Füße streut und sie ihm einen Teil des Schnapses zurückgibt. Manchmal ist eine Scheidung nicht durchführbar, wenn der Vater der Frau vom Mann den Schnaps zurückverlangt, der bei der Heiratszeremonie getrunken wurde. Dann muss der Mann dieses Problem mit der Familie seiner Frau besprechen.

Nach der Scheidung ändert sich das Alltagsleben nur wenig, vor allem wenn beide Ehepartner schon vorher getrennt lebten. In der Regel ist die Beziehung auch während der Ehe nicht zu eng, und die Frau hat schon vor der Scheidung die Hauptverantwortung für die Familie getragen. Problematisch wird es für die Frau, wenn sie in finanziellen Nöten keine Unterstützung von ihren Verwandten bekommt. Grundsätzlich ist der Vater der Kinder verantwortlich für die finanzielle Unterstützung der Kinder, aber im mutterorientierten System bleiben die Kinder bei der Frau.

Tod und Beerdigungszeremonien

Die Aschanti sehen den Tod als einen Übergangsritus. Er mündet in ein weiteres Leben im Ahnenreich. Man hat die Möglichkeit, wiedergeboren zu werden, das heißt, es ist nur ein Transit, eine kurze oder lange Wartezeit. Zuerst muss man ins Ahnenreich kommen.

Wiedergeburt hängt von der Art des Todes ab: Nicht jeder hat die Chance, wieder auf die Welt zu kommen. Wer Selbstmord begangen hat oder ermordet wurde, kommt nicht ins Reich der Ahnen. Diese Toten haben weder bei den Menschen noch bei den Ahnen einen Platz. Sie schwirren als Geister herum, man kann sie manchmal unterwegs treffen.

Um ins Reich der Ahnen zu kommen, ist es auch wichtig, ein gutes Begräbnis zu bekommen. Das Unvermeidbare des Todes wird in den Sprichwörtern der Aschanti ausgedrückt: „Wenn der Tod dich töten will und du nennst ihn Vater, tötet er dich; nennst du ihn Mutter, tötet er dich auch." – „Wenn der Tod anklopft, kannst du nicht sagen: Bitte nimm lieber diesen alten Mann oder diese alte Frau, ich bin noch jung." – „Die Leiter des Todes muss jeder hinaufklettern."

Tod in der Familie bedeutet ein tragisches Ereignis. Die Familienstrukturen werden zerstört, es herrscht Verzweiflung und tiefe Trauer bei den Hinterbliebenen. Trotz der endgültigen Trennung, die mit dem Tod einhergeht, bleibt aber eine enge Beziehung zwischen den Verstorbenen und den lebenden Verwandten erhalten. Diese zeigt sich in verschiedenen Bereichen, vor allem bei den Beerdigungsritualen, der Nennung der Verstorbenen in Gebeten und der Anrufung der Ahnen sowie den Opfergaben. In diesem Sinne stellt der Tod eine ganz besondere Form des Übergangsritus dar.

Die Beerdigungsrituale sind für den Verstorbenen der Aschanti sehr notwendig, um ins Ahnenreich eingehen zu können. Deswegen werden die Beerdigungszeremonien so gestaltet, dass jeder sagen kann: „Das war eine schöne Begräbnisfeier!" Kein Groschen wird hier gespart, man tut alles, um den Verstorbenen auf den Weg zum Ahnenreich zu bringen.

Die zeremonielle Totenfeier der Aschanti erfolgt in vier Schritten: die Waschung und Vorbereitung des Körpers des Verstorbenen, die Trauer, das Leichentragen und die Beerdigung. Einige Wochen später erfolgt die mehrere Tage dauernde Wiederholung der Begräbniszeremonie. Je mehr Personen anwesend sind, umso besser sind die Chancen, ins Ahnenreich zu kommen. Die Feier dient auch dazu, sich den Verstorbenen nochmals ins Gedächtnis zu rufen und seine Aufgabe an seinen Nachfolger zu übertragen.

Die Angehörigen, vor allem Witwen, trauern, weinen, fasten und lassen sich die Haare abschneiden. Der Verstorbene bekommt etwas zu essen, und Trank wird geopfert als Zeichen, dass er oder sie noch mit uns zusammenlebt.

Wenn eine Frau während der Entbindung ihr Kind verloren hat, darf man nicht weinen. Es wird auch für das Kind keine Begräbnisfeier geben. Hier wird stattdessen gefeiert, dass die Mutter nicht auch gestorben ist. So wird das erklärt: Wenn ein Krug voll Wasser umgefallen ist und der Krug ging dabei nicht kaputt, dann kann man erneut Wasser nachfüllen. In diesem Fall sollen alle Verwandten weiße Kleider anziehen. Bei Begräbnisfeiern für Erwachsene darf man dagegen nur schwarze und rote Kleider anziehen.

Oben: Traditioneller Priester Okomfo

Unten: Akwasidae-Festival
bei den Aschanti

Oben: Homowo-Festival in Accra

Unten: Aboakyere-Festival
bei den Fantis

Seelische Waschung bei den Aschanti

Das Konzept der Person

Das Konzept der Person wirkt sich maßgeblich auf die Verortung von Krankheit, die Zuweisung von Symptomen und die Diagnosestellung aus. Es beeinflusst das Gesundheitsverhalten in allen Lebensphasen der Menschen. Das traditionelle Personenkonzept besteht aus materiellen und immateriellen Komponenten. Es sind Onipadua (Körper), Okra (Seele), Sunsum (Ego), Honhom (Geist), Mogya (Blut) und Ntoro (Zugehörigkeitsgefühl).

Die Aschanti glauben, alle diese Komponenten zusammen machen den Menschen lebendig. Wenn einem Menschen eine dieser Komponenten fehlt, ist er keine gesunde Person mehr.

Der menschliche Körper – Onipadua

Onipadua (Körper) ist der materielle Teil des Menschen, der mit dem Besitzer stirbt und nach dem Tod dem Erdreich Asase Yaa übergeben wird. Onipadua nimmt bei den Aschanti die Bedeutung von Körper ein. Sowohl traditionelle als auch modern orientierte Aschanti benutzen den Begriff im Alltag.

Göttliche Seele – Okra

Okra stellt den wichtigsten Bestandteil des Menschen dar, einen Funken Göttlichkeit, die Verbindung zum höchsten Wesen. Okra stammt direkt vom Schöpfer Onyame (Gott) ab und geht nach dem Tod wieder zu ihm zurück. Es ist somit der unsterbliche Teil des Menschen. In der Aschantisprache Twi wird das so ausgedrückt: „Onyame nwu na mawu." Das bedeutet: „Gott stirbt nicht, und ich sterbe auch nicht." Das heißt, man lebt ewig.

Die Übersetzung „Seele" wird Okra jedoch nicht gerecht, weil Okra auch Schutz- und Ratgeberfunktionen übernimmt. Sie wird von Onyame mit einem bestimmten Auftrag oder Schicksal (Nkrabea) auf die Erde gesandt. Allerdings kann Okra diese Aufgabe nicht immer erfüllen. Man sagt: „Ne kra apa no agya." Das bedeutet: „Seine Seele konnte ihm keinen Schutz geben." Wenn Okra ihre Funktionen mit Erfolg erfüllt, dann muss man ein Dankopfer bringen. In vielen Fällen wird dann ein Schaf für die Götter und die Ahnen geschlachtet.

Jede Okra hat einen Seelennamen. Dieser wird einem Neugeborenen gegeben und entspricht dem jeweiligen Wochentag der Geburt. Zum Beispiel bekommt jemand, der am Freitag geboren ist, den Seelenamen „Kofi", so wie Kofi Annan, der ehemalige UNO-Generalsekretär. Im Gegensatz zu den Menschen besitzen Tiere keine Okra, aber eine vergleichbare Komponente, Sasa. Die Menschen können tierisches und pflanzliches Sasa kontrollieren und für ihre eigenen Zwecke nutzen.

Der Begriff Okra wird bei den Aschanti-Christen oft mit der Seele im christlichen Sinne assoziiert. Sie gilt als Grundlage der Unsterblichkeit, wird aber nicht mehr in Verbindung zu einem bestimmten Schicksal gebracht. Auch werden Okra keine Schutz- und Ratgeberfunktionen mehr zugeschrieben. Daher werden auch keine Dankgaben dargebracht.

Ego – Sunsum

Sunsum ist verantwortlich für den Charakter, die Intelligenz und die Veranlagung des Menschen. Was der Vater von seinem Klan geerbt hat, gibt er an seine Kinder weiter. Im Gegensatz zu Okra ist Sunsum veränderbar und lernfähig. Auch kann sich Sunsum indirekt im Verhalten und Auftreten eines Menschen offenbaren.

Sunsum kann den Körper des Menschen auch verlassen, zum Beispiel während des Schlafes im Traum. Dann besteht die Gefahr, dass Sunsum Opfer von Hexen wird. Andererseits ist ein starkes Sunsum die beste Vorsorge gegen Hexenkraft, ebenso gegen Krankheiten.

Ein belastetes Sunsum, zum Beispiel durch ein schlechtes Gewissen, kann hingegen zu Krankheiten führen. In diesem Falle sind Geständnisse die ersten Schritte zur Regeneration von Sunsum und damit zur Genesung. Nach dem Tod wird Sunsum in einen Totemgeist transformiert.

Blut – Mogya

Eine weitere Komponente des Menschen, die bei den Aschanti einen speziellen Einfluss auf die Position eines Menschen in der Gesellschaft ausübt, ist Mogya, das Blut. Mogya wird von der Mutter an das Kind vererbt und stellt die Basis für die matrilineare Vererbungslinie, die Familie und den Klan dar.

Das mütterliche Mogya bestimmt den Status und die Familienmitgliedschaft. Es legt den Platz innerhalb der Gesellschaft fest und damit Aufgaben, Rechte und Pflichten. Das Blut bestimmt die enge Beziehung zwischen Kind und Mutter und der mütterlichen Verwandtschaft.

Im Gegensatz zu Sunsum und Ntoro ist Mogya keine rein spirituelle Komponente. Vielmehr wird Mogya als Lebensraum der Okra-Seele auf Erden betrachtet, als Verbindung von Onipadua mit Okra. Nach dem Tod geht Mogya in die Mutter Erde ein.

Väterliche Seele – Ntoro

Ntoro ist im Gegensatz zu Mogya die väterliche Komponente des Menschen. Ntoro befindet sich im männlichen Sperma und wird vom Vater vererbt. Es übernimmt bei den Menschen Schutzfunktion. Kinder stehen unter dem Schutz des Ntoro des Vaters, vor allem während der ersten Lebensjahre.

Während der Pubertät nimmt die Bedeutung des väterlichen Ntoro ab, das Kind entwickelt seine eigene Persönlichkeit. Jedoch verschwindet das Ntoro des Vaters nie gänzlich, sondern hält die Verbindung zum Vater ein Leben lang aufrecht.

Die Aschanti glauben, die verheirateten Frauen stehen immer unter dem Schutz des Ntoro ihres Ehemannes und müssen sich, beispielsweise während der Schwangerschaft, an die Meidungsgebote und Vorschriften von dessen Ntoro halten. Zum Beispiel darf die Frau während der Schwangerschaft kein Ziegenfleisch essen, wenn eine Ziege das Totemtier ihres Mannes ist.

Die Erdmutter Asase Yaa

Die Aschanti glauben, dass die Mutter Erde am Donnerstag geboren wurde, deswegen trägt sie den Seelennamen Yaa. Asase bedeutet Erde und wird als Symbol für Fruchtbarkeit und Leben betrachtet. Sie ist die Frau von Gott Onyame. Deswegen wird die Erde auch als Vermittlerin zwischen Menschen und Gott gesehen.

Die Mutter Erde hat auch einen speziellen Kontakt zu den Ahnen; man glaubt, dass sie ganz eng mit ihnen zusammenlebt. Beim Trankopfer gibt man zuerst der Mutter Erde einen Schluck Schnaps und dann erst den Ahnen.

Asase Yaa hat einen großen Einfluss auf das Alltagsleben der Aschanti, vor allem hinsichtlich des Feldanbaus. Vor der Aussaat muss sie, zusammen mit den Ahnen, um Zustimmung für die Bodennutzung gebeten werden. Ihr müssen Opfer dargebracht werden, um die Ernte zu sichern. Mutter Erde bekommt Schnaps zu trinken und wird um eine gute Ernte gebeten.

An einem bestimmten Tag darf man nicht auf dem Feld arbeiten, es ist ein Ruhetag für Mutter Erde. In unserem Dorf war es jeder Dienstag. Wenn man dieses Verbot nicht beachtet und aufs Feld geht, passiert immer etwas Unangenehmes. Entweder man wird verletzt oder man findet den Weg nicht mehr zurück nach Hause. Wenn man erwischt wird, muss man zudem für die Götter und Mutter Erde ein weißes Schaf schlachten.

Die Geschichte Ghanas

Die ältesten Siedlungsspuren in Ghana sind etwa 30.000 bis 40.000 Jahre alt und wurden in der Nähe von Tema an der Küste entdeckt. Weitere archäologische Funde in der Brong-Ahafo-Region nahe des Flusses Schwarzer Volta weisen auf eine Kultur hin, die etwa von 1700 bis 1500 v. Chr. existierte und Kintampo-Kultur genannt wird. Im 14. Jahrhundert bestand im Norden Ghanas das Königreich der Mossi, das im 16. Jahrhundert vom Königreich der Gonja abgelöst wurde. Gegen Ende des 17. Jahrhundert entstand durch einen Zusammenschluss von Akan-Völkern das mächtige Aschanti-Reich.

Als 1471 die Portugiesen als erste Europäer an der Atlantikküste landeten, nannten sie den Landstrich entsprechend dem Anlass ihrer Anwesenheit „Goldküste". Der Goldhandel zog auch andere europäische Länder an, und im Verlauf der nächsten Jahrzehnte wurden zahlreiche Handelsstützpunkte gegründet, die bald ihre Geschäfte auf den lukrativen Bereich des Menschenhandels ausweiteten. Dieser florierte bis zu seinem Verbot im Jahre 1807.

Wenige Jahre nach dem Verbot übernahm die britische Regierung die privaten britischen Handelsgesellschaften und gründete 1874 die Kronkolonie Goldküste. In heftigen Kämpfen wurden die aufständischen Aschanti-Völker im nördlichen Hinterland im Jahr 1900 nach 30 Jahren Krieg endgültig niedergekämpft, ihr Herrscher Kwaku Dua III. wurde gefangen genommen. Die Aschanti-Gebiete wurden an das Land angeschlossen, 1922 kam das ebenfalls kolonialisierte West-Togo hinzu.

Bis 1957 dauerte die Fremdherrschaft, dann befreite sich Ghana unter Präsident Dr. Kwame Nkrumah als erstes unabhängiges Land in Kolonialafrika. Durch Nkrumah wurde 1960 die Republik ausgerufen. Seine Herrschaft endete 1966, als er durch einen Militärputsch entmachtet wurde. Eine Reihe von Zivil- und Militärregierungen lösten sich in den folgenden 15 Jahren ab, ohne die wirtschaftlichen und sozialen Probleme des Landes lösen zu können.

1981 übernahm Jerry Rawlings mit Hilfe des Militärs zum zweiten Mal nach 1979 die Macht. 1983 leitete er ein wirtschaftliches Sanierungsprogramm ein, das teilweise Erfolg hatte, zum Beispiel durch die Senkung der Inflationsrate. Nachdem Rawlings 1981 zunächst alle Parteien verboten hatte, begann Anfang der neunziger Jahre ein langsamer Demokratisierungsprozess. Dennoch kam es wiederholt zur Unterdrückung Andersdenkender und Oppositioneller.

1992 wurde Rawlings zum Präsidenten gewählt und blieb für zwei Amtsperioden bis zum Jahr 2000 im Amt. Dann hob er das Parteienverbot auf, und Ghana erhielt eine neue Verfassung. Bei freien und geheimen Wahlen wurde im Dezember 2000 der bisherige Oppositionsführer John Agyekum Kufour zum neuen Präsidenten Ghanas gewählt. Zum ersten Mal in der Geschichte Ghanas gab es einen demokratischen Wechsel, bei dem ein Oppositionsführer Präsident wurde und alles friedlich verlaufen war.

Politisches System

Laut der Verfassung von 1992 ist Ghana eine präsidiale Republik. Ein Mehrparteiensystem wurde von den Parteien NDC (National Democratic Congress), NPP (New Patriotic Party) und PCP (People's National Convention) gebildet. Der direkt gewählte Präsident ist gleichzeitig Staatsoberhaupt und oberster Führer der Exekutive. Er beruft das Kabinett ein, das dem Parlament verantwortlich ist. Die über 200 Abgeordneten des Parlaments werden für vier Jahre gewählt. Ghana ist in zehn Regionen unterteilt, das Gerichtssystem basiert auf dem britischen Rechtssystem.

Wirtschaft

Ghana ist eines der wirtschaftlich am weitesten entwickelten Länder im tropischen Afrika. Mehr als die Hälfte der Bevölkerung ist in der Landwirtschaft tätig: es werden Kakao, Zuckerrohr, Reis, Kaffee, Bananen, Palmöl, Hirse und Erdnüsse angebaut. Viehzucht wird vor allem im Norden des Landes betrieben, im Süden ist sie wegen der Tsetsefliege nicht möglich.

Trotz rückläufiger Exporte ist die Waldwirtschaft durch die Ausfuhr von Mahagoni und anderen Harthölzern weiterhin ein wichtiger Wirtschaftsfaktor im südwestlichen Regenwaldgebiet. Daneben spielt der Fischfang am Meer und im Voltasee eine große Rolle für den Binnenmarkt. Das Wasserkraftwerk am Akosombo-Damm ist das größte der Welt. Es versorgt den größten Teil der heimischen Industrie mit Strom und liefert zudem einen Überschuss, der an die Nachbarländer verkauft werden kann.

Ghana ist reich an Bodenschätzen. Gold, Diamanten und Bauxit sind in großen Mengen zu finden. Bauxit wird im bedeutendsten Industrieunternehmen des Landes in der Hafenstadt Tema zu Aluminium geschmolzen. Tema ist durch die Erdölraffinerie ein wichtiger Industriestandort und der führende Einfuhrhafen Ghanas. Weitere Industriezweige stellen die kleine, aber hochwertige Glasindustrie sowie einige Zementwerke dar.

DAS TIER, DAS KEINEN SCHWANZ HAT,
WIRD VOM LIEBEN GOTT
GEKRATZT.

Quellen

AMOAH, E. 1990. Woman and rituals in Akan Society. In Dialogue and Alliance: Accra.

ANTI, K. K. A. 1978. „Relationship between the Supreme Being and the lesser Gods of the Akan." Unveröffentlichte Magisterarbeit. Legon: Universität von Ghana.

ASHANTI, E. O. J. „Rites Of Passage." Unveröffentlichter Aufsatz. Legon: Privatarchiv.

ASSIMENG, J. M. 1989. Religion and Social Change in West Africa. Accra: Ghana University Press.

AYISI, E.O. 1979. An Introduction to the Study of African Culture. London: Heinemann.

BOADI, J. A. 2001. Christianity or traditional beliefs and customs? Kumasi: UCG Publishing House.

BOAHEN, A. (Hrsg.). 1985. General History of Africa VII. 1880-1935. London: James Currey.

BOATENG, N. A. 1993. Notes on Akwasidae: A Traditional Festival of the Asante. Research Review. Legon: Institute of African Studies.

BOHNER, T. 1935. Der Schuhmacher Gottes. Ein deutsches Leben in Afrika. Frankfurt: Rütten & Loening Verlag.

BUTLER, G. L. C. 1949. Africa. Religions and Culture with a Focus on the Ashanti People. Pittsburgh: Dorrance Publishing.

COX, J. L. 1998. Rites of Passage in Comtemporary Africa. Cardiff: Cardiff Academic Press.

DANKWA, A. 1990. Christianity and African Traditional Beliefs. New York: The power of the Word Press.

D'ASHUR, S. 1989. Silent Tears. London Black Women's Health Action Project.

DOLPHYNE, F. A. 1991. The Emancipation of Women. An African perspective. Accra: Ghana University Press.

DONKOR, A. E. 1997. African Spirituality: On Becoming Ancestors. Asmara: Africa World Press.

FISHER, R. 1998. West African religious traditions: Focus on the Akan of Ghana. Maryknoll: Orbis Books.

FORSTER, H. 1983. Heirat und Ehe bei den Akan in Ghana. Saarbrücken: Breitenbach Verlag.

FOSU, K. O. J. 1990 „The extended Akan family system." Vortrag. Privatarchiv.

GITTINS, A. (Hrsg.). 2000. Life and Death matters. Nettetal: Steyler Verlag.

GRAHAM, A. 1999. Female Circumcision and Consciousness Raising. London

GYEKYE, K. 1996. African Cultural Values. Accra: Sankofa Publishing Company.

KOM, E. D. 1993. Inheritance, Marriage and Divorce. Accra: Asempa Publishers.

KUFFOUR, G. 1989. „Marriage and Family counselling in Ghana." Workshop-Referat auf der zweiten Mission Field Conference der PCG. Akropong: Archiv Akronfi Christaller Centre.

MAGESA, L. 1977. African Christian Marriage. Nairobi: Paulines Publishers.

MARTEY, E. 1996. „Women and culture in contemporary Africa." Vortrag auf der Konferenz der West African Association of Theological Institutions in Ilishan-Remo, Nigeria, 28.7. - 3.8.1996. Privatarchiv.

MBITI, J. S. 1969. African Religions & Philosophy. Portsmouth: Heinemann Publishers.

NKETIA, J. H. K. 1991. Die Musik Afrikas. Wilhelmshaven: Heinrichshofen's.

OPOKU, K. A. 2000. Hearing and keeping. Akan proverbs. African Proverb Series, 2. Teil. Accra: Asempa Publishers.

PARRINDER, G. 1949. West African Religion. London: The Epworth Press.

RATTRAY, R. S. 1955. Ashanti. London: Oxford University.

SARPONG, P. 1971. The Sacred Stool of the Akan. Accra: Ghana Publishing Corporation.

SCOJODT, P. 1986. Initiation and the classification of rituals: London.

THIAM, A. 1986. Black Sisters Speak Out. Feminism and Oppression in Black Africa. London: Pluto Press.

THIEMANN, J. 2002. „Alltägliches Gesundheitsverhalten bei den Kwawu (Ghana). Beitrag zu einer biographieorientierten Medizinethnologie." Unveröffentlichte Dissertation.

TURAKI, Y. 1999. Christianity and African Gods. A method in Theology. Potchefstroom: Potchefstroomse Universiteit.

VAN DER HART, A. 1992. „Akan Women in the Centre of Tradition and Transition in 19th Century Akim Abuakwa (Ghana): 1880-1890." Unveröffentlichte Dissertation. Amsterdam: Faculteit der Godgeleerdheid van de Vrija Universiteit.